प्रकाश-वृत्ति

कामनाहीन पत्ता
कविता–संग्रह

प्रकाश–वृत्ति

रज़ा फ़ाउण्डेशन और वाणी प्रकाशन का सह–प्रकाशन

वाणी प्रकाशन

4695, 21-ए, दरियागंज, नयी दिल्ली 110 002

फ़ोन : +91 11 23273167 फ़ैक्स : +91 11 23275710

शाखाएँ

अशोक राजपथ, पटना 800 004, बिहार

कॉफ़ी हाउस कैम्पस, महात्मा गांधी मार्ग, इलाहाबाद 211 001, उत्तर प्रदेश

महात्मा गांधी अन्तरराष्ट्रीय हिन्दी विश्वविद्यालय, वर्धा 442 001, महाराष्ट्र

सुल्तानिया रोड, मोतिया पार्क, भोपाल 462 001, मध्य प्रदेश

www.vaniprakashan.in
marketing@vaniprakashan.in
sales@vaniprakashan.in

KAMNAHEEN PATTA

by Poonam Arora

ISBN : 978-93-89563-10-8

Poems

प्रथम संस्करण 2019

मूल्य : ₹ 399

यश प्रिंटोग्राफ़िक्स, नोएडा-201 301 (उ.प्र.) में मुद्रित

वाणी प्रकाशन का लोगो मक़बूल फ़िदा हुसेन की कूची से

बी और एस के लिए

'A poet's autobiography is his poetry.
Anything else is just a footnote.'

–Yevgeny Yevtushenko

आमुख

प्रकाश अत्यन्त प्रतिभाशाली कवि और आलोचक थे जिनका दुर्भाग्य से 2016 में दुखद देहावसान हो गया। वे एक भाषा–सजग शिल्प–निपुण कवि और सजग–संवेदनशील आलोचक थे। रज़ा फ़ाउण्डेशन ने उनकी स्मृति में 'प्रकाश–वृत्ति' स्थापित करने का निश्चय किया जिसके अन्तर्गत सुपात्र और सम्भावनाशील युवा कवियों और कलाकारों की पहली पुस्तकें प्रकाशित करने की योजना है।

पूनम अरोड़ा की कविता निर्भीकता का निर्ममता की हद तक जाकर इज़हार करती है। वह जानती हैं कि "नाउम्मीद होना ज़रूरी है एक बार'', तो उन्हें इसकी भी ख़बर है कि '...हंस मृत देह के पार भी होता है/देह का एक आश्रम/जहाँ धान, कपास और प्रेम सब उपजता है/कन्दराओं में।' एक ओर वे कहती हैं 'उसे कविताओं के ईश्वर से घृणा है/मुझे यथार्थ के ईश्वर में दिलचस्पी नहीं' तो दूसरी ओर 'माँ कभी बूढ़ी नहीं हुई/क्योंकि सूर्य का ताप उसकी अलसायी उम्र को लगातार प्रेम करता रहा।' पूनम के यहाँ ललक, पुलक, बहक, महक सबके लिए अवकाश है। वे अपने को पूरी तरह से वेध्य रखने वाली कवि हैं जोकि उन्हें अपनी पीढ़ी का एक असाधारण कवि बनाती हैं। उनका पहला कविता संग्रह रज़ा फ़ाउण्डेशन की प्रकाश–वृत्ति के अन्तर्गत प्रकाशित करने में हमें प्रसन्नता है।

–अशोक वाजपेयी

प्रस्तावना

पूनम की कविताओं में स्त्री अवचेतन की गहन अन्तःसलिलाओं का अस्फुट महदोच्चार अपने गझिन आवर्तों में दर्ज है। अपने भीतर दबी चट्टानों से लगातार संघर्ष करती हुई लहरें मूलाधार से सहस्रार तक की अन्तर्यात्रा में गिर–गिरकर उठती, उठ–उठकर गिरती हैं। उठने–गिरने के अनन्त सिलसिलों से स्पन्दित ऊर्जा केन्द्रों की मन्द गुनगुनाहट इन कविताओं की अन्तर्वस्तु है, इसीलिए ही इनके अलग शीर्षक नहीं बनते और इनका शिल्प भी वर्जीनिया वुल्फ के 'स्ट्रीम ऑफ़ कॉन्शसनेस' वाला है।

मनचीते पुरुष की संकल्पना का विनिवेश मध्यकालीन कवयित्रियों ने जिन दो मिथकीय चरित्रों में किया, यानी शिव और कृष्ण में–वे कहीं से भी पितृसत्तात्मक सामन्त नज़र नहीं आते। हँसते–बोलते, क़िस्से–कहानी और बाँसुरी सुनाते दोस्त पुरुष हैं वे। महादेवी तक आते–आते देव मूर्तियाँ खो गयीं और यह मनचीता पुरुष अमूर्त और चिर प्रतीक्षित हो गया, उसके बाद कुछ दिन स्त्री–कविता का प्रेम पक्ष मूक ही रहा। शिक्षा–संदीप्त स्त्री फ़ैज़ की तरह यथार्थ के खुरदरे धरातल पर जगकर महसूस करने लगी कि 'और भी गम हैं ज़माने में मोहब्बत के सिवा।' ग़ौर से देखने पर उसके मानस में समकालीन पुरुष एक ज़िद्दी बच्चे की तरह रूढ़ हो गया और समकालीन स्त्री–कविता में वात्सल्य के नये रंग उभरे। वह दूध भरे स्तनों की तरह नयी अनुभूतियों से सम्पृक्त और उन्नत हो गयी। यह महादेवी की करुणा का एक नये ढंग का विलसित रूप था।

उसके बाद स्त्रीवाद के गर्भ से कुछ नवल पुरुष जन्मे तो बाद की पीढ़ी में लवली गोस्वामी, बाबुषा कोहली और पूनम की

कविताएँ प्रेम की एक अधिक जनतान्त्रिक लय में सामने आयीं। इनमें प्रीति–कलह की वह मिठास थी जो प्रेम का 'अमरित' चख लेने के बाद चित्त में हिलोरें लेती है। एक के बहाने सारी दुनिया अपनी–अपनी–सी लगने लगे, 'जित देखूँ तित लाल'– यह अनुभूति सघन हो जाये तो ही सम्पूर्ण वैविध्य इतना सघन होता है, बिम्ब इतने संश्लिष्ट होते हैं कि मैक्रो और माइक्रो, जगबीती और आपबीती में एक झप्पी लग जाती है। एक सघन त्रिजता जगती है स्त्री, पुरुष और ब्रह्माण्ड के बीच–

'मुझसे कहा गया धर्म पर विश्वास करो
मैंने पूजा–पाठ त्याग दिये
और छोटे पौधे रोपने लगी जगह–जगह'

❐

'धुन फिर भी धुन थी, उसमें समुद्र के पानी–सी लहर और बेपरवाही थी। उसके ऊँचा उठने पर मेरे हृदय में पीड़ा की असहनीय प्रसन्नता बिना रोक–टोक तैरती थी। हर प्रेमगीत अपनी आत्मा के छोटे टुकड़े मुझे प्रेम की लम्बी यात्रा करने के लिए देता था।'

पूरे–पूरे सूक्ति वाक्य सधी हुई साँसों की लय में अत्यन्त रोचक बिम्बों में बोलता–बतियाता यह प्रेम उजागर होता है। वैयक्तिक के साथ जातीय स्मृतियाँ, निजी सपनों में साझा सपने अपने सान्द्र सूफ़ियाना रंग में सामने आते हैं। बाबुषा और पूनम से पहले गगन गिल, तेजी ग्रोवर, लीना मल्होत्रा राव, मोनिका कुमार, सुजाता की कविताओं ने पंजाब की पाँचों नदियों का वह 'अमरित' उपलाया था जो सिल्क रूट से भारत आते हुए सूफ़ियों ने चखा होगा। कृष्णा सोबती और अमृता प्रीतम के यहाँ जैसे राजनीतिक विभाजन आत्म–विभाजन का रूपक बनकर उभरता है, पूनम के यहाँ भी–

'अभी अभी मेरे दो टुकड़े हुए हैं
मैं अपने सन्तुलन में तराजू की नोक जितनी हल्की–सी लड़खड़ाई हूँ'

❐

'रंग की भी अपनी धुन होती है'

काफ़िलों में चलते हुए ऊँटनी ने जो बच्चा जना उसे मारकर खाते जनसमूह की आदिम क्षुधा की आग से लेकर पिछली पीढ़ी की स्त्रियों की मौन प्रसव पीड़ा की लय तक फैला जातीय स्मृतियों का एक पूरा अन्तरंग संसार पूनम के भाषिक अवचेतन में दर्ज है और दूर तक गूँजती हैं इसकी अनुगूँजें।

—अनामिका

अनुक्रम

शीर्षकहीन कविताओं की पहली पंक्ति

1

न पुत्र हूँ मैं न पुत्री
एक पेड़ हूँ केवल
ईश्वर के घनत्व से उपजा

सिन्धु घाटी के जल से विचारित
तद्भव और तत्सम शब्दों की लिपि

एकमात्र घर है मेरा

2

बचपन में हर एक चीज़ को पाना बहुत कठिन था मेरे लिए
जबकि सिलाइयाँ चलाते हुए
मेरी उम्र की ईर्ष्या से मैं हार जाती थी

अपनी छोटी चाहतों में मैं अक्सर ख़ाली रहती थी
मेरे गायन–वादन सुगन्धहीन और आहत थे

यहाँ तक कि मेरा पसन्दीदा
सफ़ेद फूल वाला पौधा भी
मुझे दुख में ताकता था

सफ़ेद से नाता था तो वो केवल तारे थे
जो ठीक मेरे सर के ऊपर उगते थे हर रात

एक सुराही जो रहस्यमय हो जाती थी रात को
मेरी फुसफुसाहट के मोरपंखी रंग
उसके मुँह से उसके पेट में चले जाते थे

माँ कहती ये सुराही रात में ही ख़ाली कैसे हो जाती है
मेरा अवचेतन अपने मुँह को दबाकर
हँसने की दुविधा को
पूरी कोशिश से रोकता था

मैं कहना चाहती थी जो काम तुम नहीं करतीं
वो सुराही करती है मेरे लिए

स्वप्न जो स्वप्न में भी एक स्वप्न था
मेरे बचपन में भटकता था वो स्वप्न अक्सर

खिड़की से झाँकता
छिपकली की पूँछ से बँधा
उस दीवार पर मेरे साथ तब तक चलता
जब तक मैं ऊँचाई का अन्दाज़ा नहीं लगा लेती थी

मुझे नहीं पता था कि मृत्यु ऐसे ही मोड़ पर किसी जोकर की तरह
मुग्ध करती है हमें

बेहोशी से पहले
मेरी कल्पनाएँ भयभीत होकर निढाल होना चाहती थीं

मुझे घर के सब रंग पता थे।
फिर भी
मैं उन्हें किसी और रंग में रँगना चाहती थी

किसी ऐसे रंग में जिसमें पिता के दुष्चरित्र होने की जंगली खुम्ब–
सी गन्ध न हो

न हो उसमें माँ की वहशी नफ़रत पिता के लिए

सारे तारे जब सो जाते तो जागता था एक साँप और परियाँ
तीन पहर मेरी कल्पनाओं के और चौथा पहर
मेरी अस्त–व्यस्त नींद का

जागने और सोने के बीच का
वो असहाय और बेचैन पल
जब मुझे दिखायी देती थीं
आसमान में उड़ती परियाँ

और छत पर बेसुध पड़ा एक बाँस का डण्डा

जो हर रात
एक साँप में तब्दील हो जाया करता था

डर ज़रूरी था मेरी नींद के लिए
डर बहुत ही आसानी से चले आने वाला
एक शब्द था मेरी स्मृतियों के लिए

स्मृतियाँ, जिनमें भूखे कुत्ते
अपनी काली आत्मा के लाल होंठों से
नयी कच्ची छातियाँ चूसते थे

स्मृतियाँ, जिनमें जिस्म पर चलते
लिसलिसे केंचुए थे।
जिन्हें भीड़ में सरक कर नितम्ब छूना
किसी हसीन दुनिया में स्खलन करने–सा लगता

अनजानी ग्लानियों के पार जाने का कोई पुल नहीं होता

होता है तो केवल वो क्षण जिसे जीते हुए
हमें याद आते रहें पिछले पाप

पापों से गुज़रना सरल है
लेकिन सरल नहीं है उनको सहेज कर रखना

दो दुनिया चलती रहीं मेरे साथ
दो आसमान और दो सितारे भी

अब तक कितने ही बिम्ब और उपमाएँ
चली आयीं कविता में

लेकिन मैं सोचती हूँ
कितनी बड़ी क़ीमत चुकाई है मेरी स्मृतियों ने बचपन खोने में

हम अक्सर चूक जाते हैं
उस अपरिहार्य पल को चूमने से

जिसके आँसू पर हम बेरहमी से रख देते हैं अपने जूते

3

एक रात के अलाव से
जो लावा निकला था
उसने अबोध स्त्री के माथे पर शिशु उगा दिया

शिशु जब–जब रोया
अकेला रोया

अबोध स्त्री के हाथ अपरिपक्व थे और स्तन सूखे
किसी बहरूपिये ने एक रात एक लम्बी नींद स्त्री के हाथ पर रख
एक गीत गाया

शिशु किलकारी मारने लगा
देवताओं ने चुपचाप सृष्टि में तारों वाली रात बना दी

गीत गूँजता रहा सदियों तक
अबोध स्त्रियाँ जनती रहीं कल्पनाओं के शिशु और बहरूपिये पिता
सुनाते रहे
समुद्री लोरियाँ

4

अभी कुछ ही दिन हुए मैंने देखा
मेरी पीठ पर अब कोई निशान नहीं बनता

न तुम्हारे उष्ण चुम्बनों का
और न ही तुम्हारी सिहरा देने वाली हथेलियों के दबाव का

मुझे लगा था ये धूप बनी रहेगी
तमाम कत्थई विपदाओं में भी

मुझे यह भी लगा था
कि तुम्हारी भुजाएँ मेरी ही सुगन्ध का अनुष्ठान दोहराती रहेंगी
और जीवन के चमत्कृत वर्णनों में
एक ही बेचैन स्त्री के श्वेत पैरों का तुम आलिंगन करोगे

लेकिन जैसे बचपन उतरता है
स्त्री के कोमल यौनांगों पर से
और पुरुष लाँघ जाना चाहता है
उसके इन्द्रधनुषी मादक रंगों को

वैसे ही अन्तिम अपराध की क्षतिपूर्ति के कुएँ में
ख़ुद को धकेलना
मेरे लिए एक शिथिल आनन्द बन गया

देखो कितनी स्पष्टता से क़दम रख रही हूँ मैं

इस कुएँ में
और कितनी धीरे से
हवा ने छीन लीं कल्पनाएँ मुझसे

5

तृष्णा हमेशा अपरिभाषित रही तुम्हारे लिए
जैसे तुम ख़ुद एक अन्तहीन तृष्णा हो

और जब भी तुमने कहा "तृष्णा एक बारिश है"
तब–तब मेरी आँखें अबोध हो गयीं

बिलकुल निरीह

मेरे स्त्री होने की सतह पर
तुम्हारी कई खण्डित आकृतियाँ स्वप्नों की तरह बिखरी हुई हैं
मेरी बेचैनी उन्हें मानवीय होने नहीं देती
और तीक्ष्ण अनुभूतियाँ उन पर परिहास करती हैं

मैं संकेतों में अपनी उम्र की उपस्थिति की पुनर्रचना कर रही हूँ
होने और न होने की सौम्यता को बचाते हुए

और तुम अपनी प्रतिष्ठा में
किसी प्राचीन दर्पण की रुँधी हुई आवाज़ हो
शान्त
परित्यक्त
और उपेक्षित

हमारी चुप्पियों की निद्रा ने कई दोपहरें
अपने सर्वोत्तम बिखराव में बितायीं
बिना किसी ख़लल के

अपनी दोहरी काया के नवजात शिशुओं को हमने एक साथ पोषित किया
उसी दोहरी काया से
अपनी सूक्ष्म परछाइयाँ निर्मित कीं
और कई रंगों में एक–दूसरे की नग्न काया को चूमा
कि चूमना भी आकाश होना है
कि चूमना भी दरवेश होना है
कि चूमना भी नींद की मृत्यु है

मेरे नीले रंग में
अब भी एक मोरपंख तुम्हारी तृष्णा से अपरिचित है

उसे अब भी नहीं मालूम बारिश होने का अर्थ

6

मन भिक्षुणी होना चाहता है

नंगे पाँव सुदूर यात्रा पर निकलना चाहता है
हड़बड़ाहट में बेसाख़्ता किसी व्यंग्य पर हैरान होना चाहता है

किसी एक हस्तमुद्रा पर ध्यान लगाकर
अपने अतीत के रेशम में
वो नर्म कीड़े खोजना चाहता है
जिन्होंने संसार में अपनी आस्था रखी थी

टापुओं की ठण्डक में हृदय अपनी आँखें वहीं छोड़ आता है
आग बनकर किसी पूर्व की स्मृति में
देर तक ख़ुद को आहूत करता हुआ।

समुद्री भाषा रात–भर देह पर सरसराहट करती है
यह तलाश के क्या नये बिन्दु नहीं मन पर

निस्तब्ध ख़याली मन
शोक में चाँदी का एक तार बुनता रहता है
सो चुकी मकड़ियाँ ऐसा तार नहीं बुन पातीं
न ही जागने पर वे शोकगीत गाती हैं

मीलों तक माँ अकेली चलती दिखायी देती है।
रोशनी की एक बारीक़ लकीर पर।

और मुझे याद भी नहीं रहता
कि मैं उसे पा रही हूँ या खो रही हूँ

पाँच हज़ार वर्ष पूर्व में
किसी स्त्री की एक 'आह'
आज भी स्त्रियों के कण्ठों में अटकी है
प्रश्न वहीं के वहीं हैं
स्थिर और ठिठके

मुख के विचलित भावों में
एक चिड़िया–सी सुबह तब मेरी दीवार पर बैठ जाती है
जब एक मोरपंख मेरी पीठ को सहलाता है
और मैं नीला कृष्ण बन जाती हूँ

मेरे वश के सभी प्रश्न
एक स्पर्श मात्र से पिघल जाते हैं

7

मेरा बचपन गले तक भरा है
रक्तिम विभाजन के ज़ख़्मों से
मैंने इतनी कहानियाँ सुनी हैं नानी से सात बरस की उम्र से
कि अब वो गदराये मृत लोग चुपचाप बैठे रहते हैं मेरी पीठ से पीठ टिकाकर

वो कहते हैं फुसफुसा कर
कि रक्त का हर थक्का जम गया था कच्ची सड़कों, चौराहों और सीमेंट की फूलदार झालरों के फ़र्श पर
जिसकी जात का फन्दा टूटा था

हमारे ऊँट जिन पर लदा था
मुल्तान के डेरा गाज़ी खाँ की हाट को ले जाने वाला सामान
बढ़िया खजूर, मुनक्का और अख़रोट।
वे सब भी रक्त के मातम में भीड़ के पैरों तले कुचले जा रहे थे

एक नयी दुल्हन थी 'अर्शी'
जिसके ख़ातिर अरब से पश्मीना मँगवाया था उसके दूल्हे ने
मेरे व्यापारी पुरखों से

कहता था इसे पहन कर
वो सर्दी में बिरयानी और गोश्त पकायेगी

सिन्ध नदी के पास के क़स्बे से आये उसके व्यापारी मित्रों के लिए।

सुबह माँ को सावी चाय देने जाते हुए
इसी शहतूती रंग के पश्मीना से सर को ढँकेगी
और रात में इसी का पर्दा हटायेगी अपनी भरी छातियों पर से।

इन कहानियों को बरसों बीत गये
और मैं कविताएँ लिखते हुए
कभी–कभी हलका दबाव महसूस करती हूँ अपनी पीठ पर

सूरज रोज़ एक तंज करता है
कि मैंने कितनी कहानियाँ और अपने पुरखों की पीली आँखें भुला दी

मैं सोचती हूँ
क्या सच में ऐसा हुआ है

8

डरती हूँ ये सोच कर
कि प्रेम में तुम चिरयौवन रहोगे
या तुम्हारी सर्प–सी कविताएँ

तीन जानी–पहचानी रेखाओं के बाद
जब दिखती है एक और रेखा तुम्हारे स्वयं–भू मस्तक पर
उसी मस्तक पर जिसे तुम्हारी कई प्रेमिकाओं ने चूमा होगा
कभी प्रेम में
स्वीकृत अनुरोध में
या महज़ इतवार के अवकाश की थकान मिटाने के लिए

तो तुमने ज़रूर मूँदी होंगी अपनी तारामण्डल आँखें
उनमें गल्प रचा होगा कोई अभिमानी

एक चरित्र बना दिया होगा तुमने
अपनी हर प्रेमिका को कविता में

उनके पुष्ट वक्षों पर संविधान लिखा होगा अपना
किसी कथा का सूत्र उनके कमज़ोर अँगूठे पर बाँध
निर्वासित किया होगा उन्हें स्थापन से पूर्व ही

तुम रचते हो बिम्ब अपने गढ़े चरित्रों में
फिर करते हो उन पर तेज़ प्रहार सृजन का

उसे इतना घिसते हो
कि एक दिन वो धँस जाता है तुम्हारी ही आँखों में

क्या इसे तुम्हारी लापरवाह मृत्यु कहा जाये
या मेरी कल्पना की मात्र एक ध्वनि

इस तरह
तुम भी एक चरित्र बन गये मेरी कविता में
और अब मैं एक षड्यन्त्र रचूँगी
जिसका गवाह इतिहास होगा

9

रिहाई में इतनी बेचैनी थी
कि काया ने एक आँसू हमेशा बचाये रखा

'क्या तुमने अपना निर्वाण पा लिया है काया'

यह साँस थी या कि तुम्हारे चरित्र का एक ठहरा हुआ प्रश्न जो भी था
उतना ही तपिश भरा था
जितना एक साँस होती है तपिश में
जब एक ही प्रश्न दो काया पर जलते हैं
जब एक ही काया दो होने पर
अपने गर्भ की दीवारों में सबसे सच्ची होती है

यह अपेक्षित प्रश्न देर तक रिसता रहा
रिसता रहा
निराशा के अन्तिम किनारों तक जलता रहा

"क्या तुमने अपना निर्वाण पा लिया है काया"

मैंने कहा "मैंने कभी मणिकर्णिका नहीं देखा"
केवल निराशा को देखा है
सब कुछ दो तरफ़ा हो जाता है
और क्या निराशा पाने वाली काया कमज़ोर है

इस दो तरफ़ा निराशा में

हमारे मध्य कितनी मोमबत्तियाँ थीं
कुछ जली हुई
कुछ अधजली

निर्वाण और नींद
इनकी पंखुड़ियों को मैंने कब का नोच डाला है

10

जब मैं खोजना चाहती थी एक कमरा
लिखने के लिए
तब घर एक अलग नज़रिये से
किसी और चीज़ में तब्दील हो रहा था
जैसे बदल जाती है मौसम के साथ त्वचा
और उम्र के साथ पड़ जाती हैं गर्दन पर बादामी झुर्रियाँ

घर जिसे होना तो था
मेरे बचपन के खिलौनों से भरा
लेकिन यह लगातार छोटा और छोटा होता गया
लेकिन फिर भी
मैं इसे हाथ तक नहीं लगा पाती थी

मेरे अन्नघर में सुतलियों से बँधी गेहूँ की बोरियाँ और गन्नों की विशाल और रसभरी मुस्कराहटें
उन संयोगों की आपबीती थीं
जिन्हें अपनी कालिमा को अभी भी करुणा से देखना आता था

स्तुतियाँ
चलती रहीं भेस बदलने की
मेरे उपक्रमों में

याद पिता को करना चाहती थी

लेकिन लगा यह शायद एक दुर्घटना घटी है मेरे सपनों में

इस बेअसर तरीक़े पर निर्भर होना
एक झूठ का पुलिन्दा बनाने समान था

ओह! पिता
काश! तुम उतार सकते उस बोझ को
जिसे उठाना नहीं सिखा सके तुम मुझे

काश! कि अपने जीवन के हर फ़ैसले से पहले
मैं याद नहीं करती अपनी गुँथी हुई दो चोटियाँ

11

मेरी भाषा के घुमावदार अवयवों में
वो सब आरोपित रातें हैं
जिसकी पहेली को सुलझाने की
तुम्हारी तमाम कोशिशें
लगातार बुख़ार बन कर मेरी देह पर
केसरी धागे छोड़ जाती थीं

एक नस
ठीक उसी जगह बेचैन हो जाती है
जहाँ प्रतीक्षाओं ने किसी प्रसंग में
ख़ुद को ढीला छोड़ दिया था

मेरा गुनगुनाना इतना टूटा–सा था
कि इस अन्तराल में तुम चुन लेते थे
दो–चार रेशे बुख़ार के

मुझे पीठ के बल लेटे हुए
खिड़की पर टँगे
विण्डचाइम की हँसी की धीमी ध्वनि को सुनना
ऐसा लगता था
जैसे कोई बताशा घुलता है मुँह में

और तुम्हें पसन्द था

मेरी पीठ को तकिया बना कर
आसमान में उगे सितारों जितनी
ढेरों दवाइयों को खाने की मुझे हिदायत देना

मैं कहाँ सुन पाती थी कुछ?
जब तुम पास होते
महीने में एक बार मिलने वाली
पैंपरिंग वाले दिन में

मुझे पसन्द था
गर्म भाप से भरे बाथरूम में
उसी साबुन से नहाना
जिससे तुम नहाते थे
और तुम कहते
यह भाप ठीक नहीं तुम्हारे दिल के छेद के लिए

मैं खाना चाहती थी
वाइन और काजू के पेस्ट में मेरिनेटेड
भुनी मछलियाँ
पर तुम बार–बी–क्यू पर भूनते थे
हरी, पीली और लाल सब्ज़ियाँ

मुश्किल होता है सब समेटना
देह के हर कोने से स्मृतियों के जाले हटाना
तौलिये से एक ख़ास सुगन्ध को बाहर निकालना
ग्रीन टी की चुस्कियों में किसी के भरे साथ को दूर करना

दिल का छेद तो भरा नहीं अब तक

हाँ, गुनगुनाना अब बिखरता नहीं

सँभाल लेती हूँ उसे ठीक टूटने से पहले
जैसे गिरते हुए को कोई खींच लेता है
पीछे से कमीज़ पकड़कर

12

प्रेम में बुद्ध हो जाना था तुम्हें

ऐसे ही तो सन्देश सुने थे तुमने
विसर्जित देहों के धनुष से निकले तीरों समान
हाँ, चुभे थे मुझे
क्या देखा था तुमने पारिजात पर चढ़ा कोहरा?
क्या सुनी थी तुमने रतिकाल के मादक
पाखियों की सूक्ष्म ध्वनि?
और उनके आलिंगन में निद्रालीन एक नव भ्रूण?

कैसे सुनते?
क्योंकि तुम प्रेम में बुद्ध होना चाहते थे

मैं चाहती थी कि तुम पाप करो
और अपनी विस्मृत स्मृति से करो
मैं चाहती थी कि तुम जीवित करो कोई अवशेष प्रेम का
मैं चाहती थी तुम एक मृतप्राय ईश्वर हो जाओ

ताकि मैं जान पाती कि अन्तिम कुछ भी नहीं होता
प्रारम्भ की हर भाषा स्पर्श है
प्रत्येक अन्तिम अपने तीन जन्म पीछे की स्मृतियों में ख़ुद को खोजता है
खोजता है उसी तरह

जिस तरह मैं श्रापित हूँ तुम्हें खोजने में

यही एकमात्र घटना घटी थी तुम्हारे जाने के बाद
बुद्ध

13

तुम्हें अपने पुरखों की आँखें विचित्र एकान्त में चूमनी थीं
तुमने मेरी पीठ का तिल चूम लिया
मुझे यह तुम्हारी असभ्य क्रूरता लगी

तुम्हें अपने अस्तित्व से बाहर की लड़ाई में किसी अन्धे को दृष्टि देनी थी
तुमने घोर निराशा से ग्रस्त
अपना प्रेम देने के लिए मुझे चुन लिया

अशरीरी सभ्यता में तुम्हारा नाम एक मज़ाक़ है
नीरो की ग़लतियाँ तुम्हें लुभाती रहीं
इतिहास को पढ़ने की दौड़ में
तुम प्रेम कविताएँ लगातार अपने तलवों के नीचे जमा करते गये

शरद ऋतु के आरम्भ में तुम्हारे मुँह से निकला ख़ून
तानाशाह की ज़बान सदियों से बोलता आ रहा है
तुम बेफ़िक्रे सुनामी की तरह
कितना कुछ ख़ुद में समा लेना चाहते हो
स्वस्तिक चिह्न तुम्हारी कालिमा को
अब तक जीवित रखे हुए है

यह मृत संसार है
और चर्च के घण्टे हमेशा हवा की लहरों पर शोर करते रहते हैं

तुम्हें सान्त्वना चाहिए
और मुझे तुम्हें दो टुकड़ों में बाँटना है

14

कठिनतम से सरलतम होने के स्वाँग में
मैंने आधी दुनिया से मुँह मोड़ लिया

त्याग दी वस्त्रों की गरिमा तुम्हारे सामने
मध्यरात्रि में निद्रा के नियम का उल्लंघन किया
उँगलियों की बत्तखी भाषा सीखी

और हुआ ये
कि पाप के प्रथम क्षण में
ईश्वर को नकार दिया

गुज़र जाने दी एक अदृश्य हवा अपने आर–पार
लगभग खण्डित करती हुई मुझे

सम्भोग की एक कठिन मुद्रा को
अराजक भावों से मुक्त करने की कोशिश में
मैं अपने बचपन में चली गयी उस क्षण
उस क्षण
जब मैंने पहली बार पढ़ा था अमृता को
उस क्षण
जब पहली बार मुझे नापसन्द हुआ था घर से बाहर निकलना

हम फ़ासले पहनते हुए

दाँतों से काटते गये
एक दूसरे के जीवित मांस को
ताकि शेष रह सके जीवित

ताकि हो सके अबोध तारों के सोने के बाद
शिशुओं जैसे

15

मेरे पास अदृश्य हवा को रोकने का कोई तरीक़ा नहीं था
तो मैंने उसे कहा
आओ
हवाओ
देखो मेरा पालना

और मेरे मुण्डन के समय उतरे बाल वहीं एक कोने में रखे हैं
पान के पत्ते में बँधे

मैं अपना संवाद जारी रख पाती
इससे पहले ही
हवा ने एक तेज़ झोंके से मेरी डरी हुई आत्मा ले ली

मेरे होंठों पर
आख़िरी संवाद की हलकी लहर अभी बनी ही थी
कि मोक्ष की निराशा ने
मेरी काया के तपते हुए वक्ष हथेलियों में थाम लिए
मनगढ़न्त नृत्य की किसी पहेली में उलझे हुए
हवा के सुडौल हाथों में मेरे फाख़्ता से वक्ष

अब तुम्हें रोना होगा
हवा ने मुझसे कहा
और मेरे मुलायम बाल काट दिये

मैं हँस दी

मैंने सोचा आग से शायद बच जाऊँ मैं
लेकिन उसमें भी तो तुम्हारी स्मृति थी
और मेरी हँसी भी

उस आग की लपटों में
कितनी ऊँची तक चली जाती थी मेरी हँसी

मैं बेहिसाब और अर्थहीन कल्पनाओं के मोह में अपना ही तिरस्कार करती गयी
क्योंकि जानती थी
कि सच्ची कला एक मृत्यु है
प्रेम की उस कुँवारी आभा की तरह
जिसे स्वप्न में भी छूना घृणित है

यह सब एक पागलपन की तरह है
और अँधेरा है कि अपनी उपस्थिति में
ब्लैक होल बनता जा रहा है मेरे लिए

मैं इस अँधेरे में
उमर ख़य्याम के मोहभंग को ओढ़ लेना चाहती हूँ
एक ग़ज़ल बन जाना चाहती हूँ

16

तुम कहते हो कि मैंने तुम्हें मांसभक्षी बनाया
मुझे लगा मैंने केवल ख़ुद को तुम्हें सौंप दिया था

तुम जिह्वा के भोगे हुए आनन्द थे
मैं सन्तुलन के तर्पण का पानी

हम अपने–अपने बीज थे

17

प्रिय
नाज़ मत करना प्रीति के क्षणों का
ये जीवन की महज़ कथित आपूर्तियाँ हैं

मुझे प्यास थी
मैं निर्वात् बढ़ रही थी तुम्हारी नमी में
मेरा कौमार्य बीथोवन के संगीत पर
पारदर्शी नृत्य करता था

उसी समय तुमने थोड़ी नींद ली
और तब हम जान लिए गये
अपने–अपने इतिहास से

18

मैत्रेय
तुम अपनी स्फुट परिस्थितियों के साथ आना
मेरी सभ्यता का अंश प्रकाशित हो चुका है

तुम्हारे वास्तविक एकाकीपन में
मैंने रोशनी की एक लकीर देखी है

तुम्हारे पाँव
मेरी बोली समझते हैं

19

तुम इतने बोधगम्य हो
जैसे समाधिस्थ बुद्ध के पास पड़ा एक कामनाहीन पत्ता

मैं तुम्हारे प्रेम में
अपनी सब कोमल कविताएँ
वो विनम्र पत्ते बना दूँगी जो अपने पतन को पूर्व से जानते हैं

मैं ख़ुद को क्षमा कर दूँगी

20

मन कसैला था

एक रहस्य था उस अन्तिम अभाषिक तत्त्व का
जो तुम्हारी हथेलियों में था

तुम्हारी तरलता
तुम्हारा घनत्व
तुम्हारी आह्लादित मनोकांक्षा
सब उस रहस्य के बीच से निकलती
जल की एक धारा थी

यह एक स्वप्निल सत्य था
कि मेरी देह का रक्तिम रिसाव तुम्हें प्रिय था
और यह भी अनकहा सत्य था
कि तुम्हारी देह की नक़्क़ाशी का हुनर
मुझे प्रिय था

तुम खोलते थे उसे नियन्त्रण के नियम से
जो मेरी रजस्वला कमर से
चाँदी के गुच्छे के रूप में बाँध दिये जाते थे

मैं देखती थी
तुम्हारा नीला श्रृंगार

सख़्त और उदार है

वह प्रविष्ट होता है मेरी रक्तिम झिल्लियों में
एक नर्म खरगोश की तरह

तभी खिलते हैं लाल बुरांश
मेरी उत्सवी देह में

21

बेहतर है
भूल जाना उस अनन्तता को
जो आघात देती है

और उन आवाज़ों को जो ताज्जुब करती हैं

बेहतर है
तोड़ देना उन ख़ाली फ्रेमो को
जिनकी चमक चुभती है
एक ख़ास तरीक़े से

बेहतर है
ख़ारिज करना उस संगीतकार को
जिसके लातिनी संगीत पर रेड वाइन शून्य का भ्रम देती है

और तुम
फ़व्वारों को अपनी अलमारी में बन्द करने की फ़िराक़ में
किसी झूठे समूह में
अपने दूर के भाई–बन्धुओं संग
अप्रतिम शान्ति–गीत गाने की असफल कोशिश करने लगते हो

बेहतर है
कभी–कभी विध्वंस अपना

और
एक पीली उदास आत्मीयता का उपहार
अपनी नश्वरता के लिए

22

एकाग्रता में
भंग है रोशनी
और
एक भ्रान्ति
शिष्टाचार के माधुर्य की

आहत हैं शुभ्र हाथ
आशीषों के

देह की छवियाँ
गीले तारे हैं धरती की गोद में सोयी

वैसे ही
मेरी तृप्ति तुमसे लिपटी है
और मेरा कायान्तरण
तुम्हारी देह के रसायन का परम आनन्द है

प्रेम में कहाँ होती हैं वर्जनाएँ
और अदृश्य किनारे
तरल इच्छाओं के

और कहाँ होता है फ़र्क़
पुत्र और प्रेमी की गन्ध में

23

स्त्री

देखो मेरी अक्षर भूमि
मेरे परिहास
दुलार
और लिंग की उत्तेजना

तुम मेरे लिए कामशास्त्र की अद्‌भुत ऋचाएँ हो
मेरे सौभाग्य का अनन्त कमल हो
डरती क्यों हो मुझसे
मैं केवल तुम्हारा जीवित मांस चखूँगा

काव्य लिखूँगा तुम्हारी नग्न पीठ पर
वक्षों के उत्सवों का मैं द्रष्टा हूँ
नख से शिख तक अमर बेल समान कस दूँगा

नाभि मेरा परम आनन्द है
उसके चारों ओर एक चक्र बनाकर
तुम्हें उसी तरह मुक्त करूँगा
जैसे कोई चित्रकार मुक्त करता है अपनी तस्वीर को रंगों से

स्त्री
अनाहत चक्र से बाहर निकलो

रास और रस में भेद क्यों करती हो तुम
अग्नि–शिखा है तुम्हारी योनि
प्रेत और प्रेम में भी अन्तर क्यों करती हो

तुम्हें नहीं आते त्यागने अपने वस्त्र
अपनी आयु
अपनी आत्मा

क्या भाग जाना चाहती हो इस सत्य से
कि स्खलन में अन्तिम और पूर्ण आहुति केवल तुम दे सकती हो
केवल तुम ही सह सकती हो देहों का व्यंग्य
और पुरुष के अर्थ में छुपे काल को

मैं प्रतीक्षा में पीपल के वृक्ष पर कब से टँगा हूँ
विभक्त हूँ आकाश और धरा के मध्य केवल एक संवाद में

क्या तुम मेरी जिह्वा के रस तन्तुओं को विराम दोगी स्त्री
उसे छिन्न–भिन्न कर

24

लड़कियों ने तालीम ली संकेत समझने की
सबसे पहले उन्होंने पिता की लाल धागों भरी आँखों के संकेत सीखे

उफ़
कितने कसैले थे यह
जैसे कच्ची हल्दी का रंग ज़बान पर देर तक रह जाता है
और एक मनहूसियत काली बिल्ली की शक्ल में
सन्तान की जचगी के समय दाई का सबसे बड़ा डर होती है

यहाँ धर्म अभी बना नहीं लड़कियों की छातियों में
न यौनांगों की कसावट ने काव्य लिखा मधुर निशाओं का
चमगादड़ लड़कियों के क़िलों पर ऐसे क़ब्ज़ा कर लेने के काँटे बनाते
जैसे पोखर में सिंघाड़े का जाल निगल जाता है उसका अस्तित्व

ईश्वर अपने घनत्व में निर्भीक पलता रहता है लड़कियों के निर्दोष
हृदय में
लोरियाँ दूषित होकर माँओं के रूखे–सूखे गलों में
बुझती आग की ठण्डी लौ समान एक पतली लकीर बन जाती हैं
चातक पक्षी की तरह आसमान की ओर निहारती
स्वाति बूँद की प्यास धारण किये

संकेत
अपने शैशवकाल से निकल

पूर्णिमा के चन्द्रमा में आधे खिले नर्गिस के फूल बन जाते हैं

भीतर से बन्द दरवाज़े ठोकर मार कर खुलवाये जाते हैं
देह के सातों आसमान में छेद कर
ईश्वर कस्तूरी की स्थापना में खो जाता है

धीमे चक्रव्यूह में
अनाज पीसने की क्रिया का आनन्द लेते हैं सफ़ेद लिबास पहने
कुटुम्ब के मुखिया

यह तब का समय होता है
जब पिता के संकेतों से सहमी लड़कियाँ
खिड़की पर बैठ कर
किसी चेहरे से उलझ जाती हैं
और अपने गर्भ में सर्वप्रथम अदृश्य सन्तान की आहट सुनती हैं

धूप की नमी देह में आग भरने लगती है
और रक्त में उबाल के तसव्वुर
भँवर की मानिन्द
मध्यरात्रि में प्रथम स्पर्श के दोष का एक स्वप्न बन
सर्प की केंचुली उतार अपने नये रूप में
उजली और नग्न नज़र आने लगती है

दोपहर के उनींदे आलस में समन्दर का मौन अपनी जीभ के अग्र
भाग पर रख
लड़कियाँ जल की क्रीड़ा में
अपनी सखियों की देह में अलसाने लगती हैं

संकेत

धुआँ बन रिसने लगते हैं
प्रतिबिम्बों से
नैतिकता की आरामगाह से
सिद्धान्तों के गणित से

तब अपनी विरासतें त्याग देती हैं लड़कियाँ
वे लड़कियाँ कभी नहीं कहलातीं उच्च कुल की
उच्च आदर्शों की
लेकिन उनकी मुस्कुराहट बहुत हसीन होती है वो नृत्य की किसी भी मुद्रा में, किसी भी भंगिमा में रह सकती हैं अदब से

समझ सकती हैं अपने संकेतों की भाषा

25

तुम्हें मोटी चमड़ी का हृदय रखना होगा
जैसे कांसे का कटोरा
ख़ुद को एक प्रतिनिधि की तरह रखता है धातुओं में

लचीला साहस
रिस–रिस कर बहा देना होगा
गृहयुद्ध से किसी तरह बचे लोगों की तरह।
शरणार्थियों की तरह भूख पर संयम रखना होगा
और ब्रेड के टुकड़े बाँटने होंगे पड़ोसियों के कुत्तों के साथ

यह सब भी कम लगे
तो उस औरत को खोजना
जिसे चौदह साल लगते ही खतना करवा कर उसकी माँ ने रूबल
या दीनार के बदले बेच दिया हो

सारी वहशतें पीड़ाओं की सुन्दरता में कैसे बदलती हैं
यह देखना अपने चरित्र के सूक्ष्म रेशों से।
उस ऊँचाई से देखना ख़ुद को
जिस ऊँचाई से एक शुतुरमुर्ग देखता है अपने मालिक को
जब वह आवाज़ लगाता है अपने कामगारों को उसके अण्डे सँभाल
कर ले जाने के लिए

तुमने देखा नहीं

सब बिक जाता है संसार में

बेशक बेशर्मी से
थोड़े आँसुओं और लिसलिसी सच्चाई से

मैं भी कभी बेच दूँगी इस कविता को
ख़ुद को यह कह कर
कि सम्पादक भला आदमी है
अच्छी क़ीमत देगा इसकी
और मैं अपनी माँ से छुप कर
अनाथ लड़कियों को खिला सकती हूँ
उनकी पसन्द के वेज नूडल्स

26

कमल पुष्पों की सौहार्द स्निग्धता में
चावल और रोली की कलश आहुति चलती रही
होता रहा श्रृंगार रक्ताभ चरित्रों से

अग्निवाहक सिन्दूर मथुरा से भाई लाया
और लाल धोती माँ के पीहर से आयी
केले के पत्ते और लौंग से बँधी

यह विशिष्ट संस्कार था मृत देह का
मृत और अन्तिम ध्वनि में बची स्मृति कोष्ठकों का आलाप था

चन्दन लकड़ी से मृत स्वप्नों को दीप्तिमान किया
गंगाजल से परिक्रमा के धागे बाँधे
मगर खुलते गये तिमिर के नयन कमल
प्रतीक्षा कब से आहत थी
यह तुम न जान सके कभी

और सुना था इस मृत देह के पार भी होता है
देह का एक आश्रम
जहाँ धान, कपास और प्रेम सब उपजता है अपनी कन्दराओं में

मेरे मोह के अश्रु जब न बींध पाये तुम्हारा हृदय
तो इसी परिणिति में होना था प्रेम का आरम्भ

खुलनी थीं वह गाँठें जिनमें तुम्हारा निर्दोष संयम बँधा था

क्या तुम नहीं थे विदेह की गाथा के प्रथम बिन्दु
और मैं सारांश इस कथा की

27

हम अपने में इतने स्पष्ट थे
कि मौन थे
हमारी कविताएँ हमारे पूर्व की स्मृतियाँ थीं

यह मैंने भीम बैठका की गुफाओं में
एक कवि के साथ चलते हुए महसूस किया

कहीं विरक्त आकाश का अशान्त टुकड़ा था
तो कहीं लम्बी घास में छुपी छोटी तितलियाँ और पतंगे

सब कुछ सुनने की लालसा में
धीरे–धीरे फैल रहा था
वहीं कुछ स्पष्ट आवाज़ें भी थीं
पीले शिखरों से टकराकर मुझ तक लौट आ रही थीं

मुझे आश्चर्य तो नहीं था
इस असीम नील दोपहर में
एक कवि के साथ होने का।
हाँ, सुख की उष्ण पीली किरणें मेरे साथ थीं हर क्षण

तब मैंने जाना
कि हर लगाव उतना ही विशाल हृदय का होता है
जितना कभी हम हो जाते हैं

अपनी कविता के प्रति क्षमाशील

वह कवि था या कोई और
उत्तर किसे तलाशना है अब।

28

उसने कहा जैतून का तेल अपने पैर के अँगूठे पर लगाओ
मैंने ऐसा ही किया !

मुझे कोई भय नहीं था इस बात का
कि कभी यहाँ कोई दुविधा
किसी वृक्ष के रूप में जन्म ले सकती है।

मेरी माँ भी ऐसा ही किया करती थी
मेरी दादी और बुआ भी।

उन दिनों बहुत चुपचाप जन्मती थीं सन्तानें
जैसे मीठा पान चबाती
मेरी चाची के चेहरे के सन्दिग्ध हाव–भाव

घर के हम सब बच्चों ने
एक सुबह हर रोज़ की तरह आँखें खोलीं
कुछ देर अपनी पाली हुई बिल्लियों की पूँछ से खेला
और तभी हमें किसी नये जन्मे छोटे विण्डचाइम की आवाज़ सुनायी दी

यह सब इतना ही रहस्यमयी था
जितनी रहस्यमयी है
फ्रांज काफ़्का की पतले होंठों पर जमी हुई मुस्कुराहट।

मुस्कुराहट से मुझे याद आया

मेरा एक दूर का भाई
जिसकी आँखें बहुत गीली रहती थी
जैसे वो रोया हो किसी भ्रम को गले लगाकर
और मुस्कुराया हो सूर्यमुखी के तेल में पके आलू खाकर

और पड़ोस में रहने वाली एक स्त्री
जिसके वक्ष असहनीय हद तक
ब्लाउज़ से बाहर झाँकने को बेताब रहते थे
जैसे बाहर की दुनिया स्वर्ग के बाग़ में लगा एक पेड़ हो सेब का
वर्जना
कपट
और प्याज़ की पत्तियों की तीख़ी गन्ध भरा

यह तब के दिनों की बात है
जब मैं जन्म को संगीत की तरह सुनती थी
और मृत्यु को एक फूँक की तरह

अब मैंने जीवन के अनुष्ठान सीख लिए हैं।
जो यूँ ही जंगलों में पेड़ों के तनों पर उग आते हैं
कुकुरमुत्ते की तरह

इतने की ही ज़रूरत थी
मुझे तलाशने को एक सुडौल स्मृति अपनी उँगलियों पर

29

(मनजीत टिवाणा को समर्पित)

कुछ लड़कियाँ
स्वप्नों का शुक्ल पक्ष होती हैं
आधी जागी और आधी सोई सी

उनके प्रेम में वही अबोधता होती है
जो समुद्री रेत में होती है

कुछ लड़कियाँ
जंगल में उगे एक अनाम फूल की तरह होती हैं
जो अमृत का घूँट बन
कण्ठ के ताबीज़ को एक इच्छा में बदल कर
समर्पण का सारा नक्षत्र
अपनी उँगलियों पर नचा देंगी

कुछ लड़कियाँ
पानी होती हैं
जिन्हें हर नदी की स्मृति जन्म से मिलती है
वो जिस भी पानी को छूती हैं
उसी में कई जन्मों तक भीगी रहती हैं

कुछ लड़कियाँ
रात की नमी होती हैं
जिन्हें धूप अपनी रोशनी में सुखा कर

उनके माथों पर
सिन्दूरी होंठों का स्पर्श दे जाती है

और कुछ लड़कियाँ
एक याद होती हैं
जो न कुछ बोलती हैं न सुनती हैं
उनके हाथ कड़े और पैर रूखे होते हैं
वो अक्सर गीतों को अधूरा गा कर
छोड़ देती हैं

दुनिया को वो लड़कियाँ
ऐसे याद आती हैं जैसे वे एक रहस्य थीं
वो लड़कियाँ
सबसे ज़्यादा मरती हैं
और सबसे ज़्यादा पैदा होती हैं

वो लड़कियाँ
ऊँटों को चूमती हैं
घोड़ों को नहलाती हैं
और मछलियों को दाना समय पर देती हैं

ईश्वर की साँवली गुमशुदा लड़कियाँ
उसके गाँव में जब उत्सव मनाती हैं
तो लोग इसे मौसमी हलचल मान
एक पल
अपनी किसी मरी बेटी को याद कर
काम पर लौट जाते हैं

अपने खेत, अन्न और पापों को देखने

30

कविता की मेरी अपनी आत्मा है
अपनी गन्ध और नशा
कच्ची शराब–सा

सामने की खिड़की से
दिखायी देती रात से अलग

हालाँकि रात का भी अपना सौन्दर्य है
पर मैं अपनी कविता में
कोई आँसू नहीं एकत्रित करती
न धूप न बारिश न रंग
और न कोई आवाज़

आवाज़ें कोलाहल को जन्म देती हैं
मुझे ज़िन्दगी का यह कोलाज पसन्द नहीं
न ही पसन्द है ढेर–सा पानी और मिट्टी

दरअसल, मेरी अपनी कोई विशेष चाह अब बची ही नही मुझमें

ये नसीहतें मेरे पिता ने दीं
कि चाहतों को कैसे सिमिट्री में देखते हैं
कुछ सुन्दर कलियों और रोती हुई चिड़ियों के साथ

वर्षों बाद अब जब सब बदल चुका

और मैं भी परिपक्व औरत बन चुकी
थोड़ी भारी और बिना रँगे नाख़ूनों वाली

तब मैंने एक दिन देखा
कि अब मैं बीच रास्ते पहुँच चुकी

जहाँ से दुनिया आपकी आत्मा से दूर दिखायी देती है

यह एक डर था
एक भूलभुलैया थी
अपने को खोने की

उस पल मेरी आँखें बन्द थीं
और अब बस यह एक बार होने के लिए था

जब आँखें खोलीं तो देखा
मेरे हाथों में एक कविता थी

बिना रंग
बिना धूप
बिना आँसू और बिना आवाज़ के

लेकिन उसमें एक आत्मा थी।
बिलकुल निर्दोष

31

हाँ, होता है एक सलीका भी भूलने–भुलाने का
कि कोई चश्मदीद गवाह न पढ़ ले
मन की उलझी गुत्थियाँ

कोई पशु न सूँघ ले
गलती हुई ग्लानि

कोई पंछी न चुरा ले मन के गीत

याद रहे
उन रास्तों पर से
फिर गुज़रना होगा तुम्हें
उस आख़िरी मुलाक़ात में आयी करुणा को
किसी पौधे के साथ गाड़ कर
उससे वही झूठ कहना
जिससे प्रेम की तरावट मिलती रहे उसे

और वह फलता–फूलता रहे
तब तुम भूलने के मौसम की प्रतीक्षा करना
प्रतीक्षा करना उस इन्द्रधनुष की
जिसका जिस्म बना हो उस तपिश का
जिससे बच्चे जन्मे जाते हैं

फिर तुम अचानक ऐलान भर देना माहौल में

कि तुम्हें चींटियाँ काटती हैं
पैरों की उँगलियों की दरारों के बीच
दीवारें गिरने के भरम में तुम सो नहीं पाते
एक कामयाब रतिक्रीड़ा के बाद भी
और कहना
कि मृत मवेशी की दुर्गन्ध
तुम्हें माँ की छातियों की गन्ध देती है

और जैसे ही तुम ये कह कर
चौखट पार करोगे अपनी
"आर वी एन एक्सीडेंट ऑन द अर्थ" की थ्योरी
तुम पर लागू हो जायेगी

क्या अब तुम तैयार हो
दुनिया के सबसे बड़े व्यंग्य के लिए

32

स्पर्श
चुम्बन
आलिंगन
देह का समागम

ऐसा कुछ नहीं मिलेगा मेरे प्रेम में तुम्हें

हाँ, एक फूल दे सकती हूँ
बुद्ध की चेतना से लिया था एक दिन

क्या ले पाओगे उसे

33

एक सौ आठ स्वप्न थे पूरे
जो देखे मैंने अकेले
प्रयाग धाम पर खड़े हुए
कोई भी स्वप्न मेरी धमनियों को तृप्त नहीं कर पाया

प्रयाग की सीढ़ियों पर बैठे
मैंने कई प्रार्थनाएँ समर्पित कीं अपने अज्ञात को
मगर हर आवाज़
हर प्रार्थना
समूचा अस्तित्व कण
लौट रहा था
बार–बार

क्योंकि उनमें से एक भी स्वप्न
तुम्हारे गले को छूकर नहीं आया था
नीलकण्ठ

34

तीन ताल
सात सुर
मृदंगना का स्वर
और काम का मोहक सौन्दर्य
सब दहक रहा है तुम्हारे ताण्डव में

देख रही हूँ तुम्हें
कैलाश को थरथराते

पर देखो,
मैंने भी ख़ुद को ढाल लिया
उसी रंग में

जिस रंग में तुम्हारी आँखें हैं स्थिर
मेरी अधमुँदी कामनाओं को पीती हुईं

सप्तपदी का धर्म निभाना नहीं आता मुझे
मैं बस प्रेम में हूँ तुम्हारे

यह सात बूँदें विष की तो मैंने भी पी हैं
तुम्हारे अस्तित्व से ख़ुद को सींचा है
तुम्हारी मुद्राओं को स्थापित किया है अपने वसन्तोत्सव पर

अनन्तता के बोध में
यह प्रथम कामरात्रि है
मैं खो चुकी हूँ सब जो था मेरा

सुन रही हूँ अनहद नाद

35

बूढ़ा होता एक द्वीप
लघुतम को समझते
स्वीकारते
सम्मान के हाथों पछताते

पाप को मरियम के सामने बुदबुदाते
अकेले में रोते
स्थिर होते
काठ की इच्छाओं को परखते

स्वीकार करते
कि हर लघुतम का बोध है अनकहा आख्यान

किसी छिपी इच्छा से ही
बूँद और सागर के फ़ासले को जाना जा सकता है

और किसी छिपी इच्छा से ही
मुक्त हुआ जा सकता है पाप से

36

देह से जुड़ी स्मृतियाँ
परिष्कृत करती हैं आत्मा

कितनी ही तहें खुलती हैं
एक के बाद एक

हर युग के घाट पर
अपना कुछ हिस्सा छोड़ती हुईं

घाट स्नेह का
प्रेम का
मृत्यु का

और उस सम्मोहन का भी
जिसे बाँधा था
उस असीमित रात में

और
खोजी थी एक नयी लिपि
स्वप्न सम्भोग की

तपता रहा संताप जीवन और मृत्यु के बीच
जपते रहे नाम एक दूसरे का

छूते रहे हर हद आत्मा की
छलते रहे अपने ही भ्रमों को

गिरती रहीं रश्मियाँ नयी सुबह की
जन्मते रहे जुगनू
अदृश्य सम्भोग के

चुभता रहा अपराध–बोध दिन बनकर
रात का सम्मोहन

पाते रहे मृत्यु छोटे–छोटे टुकड़ों में

37

नमी
अपनी–अपनी लौटा दी

सब प्रगाढ सम्बन्ध
वर्जनाएँ शिशुबोध की
लौटा दीं

चेतनाओं के सन्देहों के सन्देश
अज्ञात को लौटा दिये

मित्रवत् सब सन्धियाँ देहों की
लौटा दीं अपनी–अपनी
नमी में

सोख लिया ताबूत सबसे थोड़ा–थोड़ा

38

सघन केशराशि स्त्री–दर्प की चंचलता को
ख़ारिज कहाँ करती है

न अम्बर मुक्त करता है उत्तेजना को
बारिश के सुकोमल अबीर रंगों से

तुम बैठते कुछ और देर
बातें करते कुछ विषैली और एषणाओं की नमी में लिपटी

आख़िर हम प्रेम के स्पन्दनों की
लड़खड़ाती माया के मध्य ही तो थे

सुना है बहुत हौले से उतरता है प्रेम शानों पर

पहले नृत्य को एक क़ाबिल हथियार बनाता है
फिर बुलबुलों के गीतों से उस हथियार की धार तेज़ करता है

ज़रा सँभल कर

ख़ुद को आश्वस्त करके आना मेरे लिए
मैं जानती हूँ कि कहाँ तोड़नी है नृत्य की उठती लहर
और कहाँ छोड़ने हैं बन्दिश के इशारे
बुलबुलों के निरपेक्ष गीतों में

मैं कामी स्त्री नहीं

लेकिन बाँधे रखती हूँ कामबोध की तीक्ष्णता को अपनी सुगन्धि में

मेरी देह पर
जहाँ–जहाँ मनचली तितलियों की सरसराहट थमी हुई है
वहाँ–वहाँ मेरी त्वचा ने उगायी है वाष्प की अनन्त निहारिकाएँ

कठोर हूँ न
क्योंकि तुम मेरे चाहे पुरुष नहीं

39

आज रात
मैं तुम्हारे सपनों में नही आऊँगी
न सहलाऊँगी तुम्हारी लड़खड़ाती रात्रि–विदा को

आज रात मैं थोड़ा झुक कर मुआयना करूँगी
कविताओं में अपनी खुली आँखों का

याद करूँगी
उन निहत्थे और सलीकेदार प्रेमियों की शक्लनुमा काली ज़िल्दों को
जिन पर देर तक प्रेम के गीतों की अगरबत्तियाँ जला करती थीं

साफ़ करूँगी उन कमरों को
जहाँ बमुश्किल छुप पाती थी अपनी तक़दीर से

फिर नृत्य करते हुए बन्द कर दूँगी अरबी संगीत की धुनें
तुम किसी कुत्ते पर क्रोध का वार मत करना

मैं नहीं आऊँगी

वो सारे कमरे हरे नर्क से पीड़ित हैं

और मैं भटकते हुए पानी का दम्भ हूँ
मेरी कल्पना में तुम बारिश की तरह हो

सुबह तक साफ़ हो जायेंगे बादल

40

जलाशय जैसे हैं तुम्हारे हाथ
हरे रंग के

और जब छूते हैं
मेरा उपेक्षित और काली छाया से डरा माथा
तो वो फूल बन जाया करता है

सोचने पर भी उस फूल का नाम नहीं याद आता मुझे
कभी लगता है
यह नॉर्विजी लोकगीतों की तरह है
और कभी लगता है
यह जंगल से निष्कासित पंछी
और युवा रहने की स्वप्नहीन नींद का एक छोटा–सा धब्बा है

वक्षों की प्रतिबन्धित सामूहिकता को
कविता की अनावृत्त पारदर्शी कामुकता से छूते हुए तुम्हारे हाथ
प्रेम में मेरी सहमति कब माँगी तुमने
न संयोग हुआ कभी प्रेम का
तुमने हर बार प्रेम रचा।
'नही' की रीति को जन्मने ही नहीं दिया

तब मैं चित्रकला में पारंगत हो रही थी
जब प्रथम झूठ का अदृश्य चाँद

नीले रंग में बनाया था
और आसमान रँगा था सफ़ेद रंग का

मैं सूर्यास्त को क्रम में रात का जाना समझती थी
और स्वेच्छा से तुम मेरी देह के शहद में नमक मिला दिया करते थे
मैं प्रेम में थी
मेरे गुप्त सम्प्रदाय बिखरी हुई कल्पनाओं के मध्यान्तर में
तुमसे दीक्षित होना चाहते थे

मैं दूरियों को नहीं समझती
अपने चित्रों में केवल छायाएँ लिखती हूँ प्रेम की

41

मैंने यथार्थ में ईश्वर को नहीं रचा
न उसके सम्मान में गहरी साँस भरी
मेरे लिए वे क्षण सदा हवा में तैरते रहे
जिनमें मैंने लड़खड़ाते हुए ईश्वर के ज़िक्र वाली कविताएँ लिखीं

मुझे हर तरह का ईश्वर एक खिलौना लगता है
मिट्टी का
काष्ठ का
या संगमरमर का

सब के सब ईश्वर जमी मुस्कानों से हमें देखते हैं
सब के सब ईश्वर अपने प्रतिनिधित्वों की लकवाग्रस्त ज़बानों से
हमारा कनफ़ेशन सुनते हैं

लेकिन ईश्वर अब धुँधला हो चुका
और बहुत बार अपनी उपस्थिति से कविता को बोझिल कर देता है।

ऐसा कहने वाला लेखक
अपनी पालतू चिड़िया से बिना किसी लोभ के प्रेम करता है

मैं सोचती हूँ
कभी उसकी चिड़िया की नाजुक गर्दन पर
मेरी सबसे शैतान बिल्ली

अपनी आकांक्षा की जलती हुई मशालें न रख दे।

उसे कविताओं के ईश्वर से घृणा है
मुझे यथार्थ के ईश्वर में दिलचस्पी नहीं

उसे सजीव ईश्वर की कामना रहती है
लेकिन मेरा निर्जीव ईश्वर ही मेरे हृदय का अन्धकार बेध पाता है

और ऐसा ईश्वर रच मैं ख़ुद को दोषमुक्त करती हूँ

42

यह तब की बात है जब मैंने एक गुलाबी झील में हिचकिचाते हुए पैर रखा था। बन्द लिफ़ाफ़े खुलने से डरने लगे। काँपती उँगलियों से सिकोडे रहे ख़ुद को। जैसे उनमें से तितलियों के पंख लगा कर अक्षर शब्द बनकर उड़ानें भरने लगेंगे और लिफ़ाफ़ों में बन्द तस्वीरें बोलने लगेंगी।

मैं आसमान में बैठे बादलों के बेहिसाब झुण्ड में से किसी एक में छिप जाना चाहती हूँ। बूँद–बूँद बह जाना चाहती हूँ बारिश के संग।

तब वो घूरती आँखें कितनी बूँदों को इकट्ठा करेंगी और मुझे दुबारा बनायेंगी।

मैं दस सूरज देखती हूँ और एक की ओट लेती हूँ; यक़ीनन वो घूरती आँखें वहाँ पिघल जायेंगी।

मैं उन लिफ़ाफ़ों को जबरन बन्द करती हूँ। इस कोशिश में मेरे हाथ से लगकर पास रखा पारदर्शी फूलदान गिर जाता है और गिर जाते हैं वे सूखे फूल जो प्रेम का आग्रह थे
जन्मदिन की बधाई थे
और कुछ बस यूँ ही थे

वे वैसे ही थे कि वे सूखे ही थे
इस झील में कोई हंस मोती बटोर रहा था
पगला कहीं का!

43

उस रात
मैं कितनी बेचैन थी
जब तुम दर्शन समझा रहे थे

मैं उलझ रही थी तुमसे क्रोध में
और तुम मुझसे प्रेम में

कि कोई दर्द का रेशा मेरा हाथ लग गया तुम्हारे
बहुत देर तक ख़ामोशी से बही थीं आँखें

सोचा
दिखता कहाँ है यह
पर तुमने न जाने कौन–सी तार से जमा कर लिए सब आँसू

मैं सो गयी दर्शन में उलझते
तुम्हारे कन्धे पर सिर रखकर

तुमसे उगा अर्धनारीश्वर
कितनी देर तक
मेरे उलझे बालों को सुलझाता रहा

मैं तब से जाग रही हूँ

44

अदृश्य दीवारों के पीछे
रचती है दृश्य

गिनती है अनगिनत महीने गर्भ के
देखती है सपाट उदर को बढ़ते

हाथ पिता के छूती है
जैसे स्पर्श किया हो ईश्वर की कोमलता को

उधेड़ती है कल्पना की चादरें
और सीती है दोहरे आयाम
दयनीय और आक्रामक

विद्रोह और मर्म के

जानती है
जन्म देने से केवल
नहीं हो सकती माँ

इसलिए
रचना होगा प्रेमी, सन्तान और ईश्वर को
अपने ही सम्मोहन से

45

मुग्ध प्रवंचनाएँ
निर्जीव दीवारों में बन्द मौन सभाएँ

आँखें
अपनी–अपनी प्राचीन वेदनाओं में मुँदी

पात्र अमृत का उतना ही दूर
जितना दूर एक पवित्र किताब से मनुष्य

घण्टे बजते हैं
स्थगित आत्माओं की चीत्कार में

ख़ून रिसता है धीरे–धीरे ज़मीन तक

एक मानवीय मुस्कान
टँगी रह गयी होंठों पर
पीड़ा की लकीरों में सोयी

चुभती हैं कीलें यीशू की
आज भी

सो रहे हैं मनुष्य प्रार्थनाओं में

अब तक भी सूली से नहीं उतारा

यीशू को
श्रद्धा से भरी सभाओं में से
किसी एक भी हाथ ने।

46

सत्य जो केवल सत्य ही था
उसी तरह जिस तरह से रजस्वला होना किसी स्त्री का

जिस तरह से पीड़ा मरोड़ती है उदर को
और दुखती हैं पुष्ट पिण्डलियाँ

जैसे काटा हो सर्प ने
और विष चढ़ा हो आँखों के छोरों तक

जिस तरह से त्याग दिये जाते हैं
ऐसी अवस्था में बिछुए और अंगवस्त्र कसे हुए

सत्य केवल इतना ही नहीं होता
इसके भी पार जाती है स्त्री

जब देह से बह रहा हो रक्त
तो यह त्याग और क्षमा के बिन्दु होते हैं उसके लिए

जिस पर प्रस्थान करती हुई हर स्त्री होती है द्रौपदी

हर स्त्री उतनी ही थकी और उतनी ही क्रोधित और उतनी ही आत्मसम्मान से पूर्ण

जितने स्वतन्त्र उसके केश

कि कोई सत्य नहीं बदल सकता इस सत्य को
और कोई स्त्री नहीं भूल सकती
मर्यादा के उस क्षण को

जब विखण्डित हुई थी एक देह की थकी हुई पीड़ा
और कृष्ण से की थी प्रार्थना एक और लीला रचने की

और हम अब तक पात्र हैं उसी स्वाँग के

47

हाँ मैं बात करूँगी

मैं बात करूँगी अपने मौलिक अधिकारों की
क़ानून और सत्ताधारियों के भीषण फ़ैसलों की

मैं बात करूँगी उन लड़कियों की
जिन्हें लहू की लोथ बनकर बहना पड़ता है
माँ की काँपती टाँगों के बीच से

मैं बात करूँगी उन लड़कों की
जिन्हें सैनिक भर्ती के नाम पर
बिना पानी पिये दौड़ाया जाता है कई किलोमीटर तक

सत्ता एक सांस्कृतिक पोस्टमार्टम है
और हमारे चिकित्सक रखते हैं
इन्सानियत को चीरती कलाकारी का बेहतरीन गुण

मुझे हँसी आती है दलाई लामा पर
और रोना भी

मैं उधार लेना चाहती हूँ कुछ दिन दलाई लामा से उनका भेष

ताकि देख सकूँ पहाड़ों से सत्ता का नज़ारा और मानसिक आघात

क्यों नहीं हम धान बोयें वहाँ

जहाँ की आबोहवा इसके लायक नहीं

क्यों नहीं हम बनायें कच्ची शराब पेरिस की जनता के लिए
और क्यों नहीं बनायें हम सरकारों का सालाना रिपोर्टकार्ड ख़ुद ही

क्या यह डर है
या शर्म
या कोई समझौता

बाइबिल के मिथक या गीता के श्लोक
हुसेन की सीता या रज़ा का बिन्दु

मोमिन की अज़ान या चिड़िया की कैफ़ियत
सब के सब आघात हैं मेरे ह्रदय पर

मैं बात करूँगी इन सब पर

48

एक सितारा
जब अपने अन्तिम समय में होता है
तो वह किसी ऐसी लड़की की तलाश करता है
जो तिरस्कृत हो
अपने कुओं से

पीढ़ियों पुरानी चक्की से
साबुत बाल्टी और साबुन से
जिसने हुनर गढ़ लिया हो
फ़र्श साफ़ करने का
हिजाब ओढ़ने का

जिसके पास इतना भी अकेलापन न हो
कि वह कर सके हस्तमैथुन
बिफर सके ख़ुद पर
सहला सके अपनी मादकता

जिसके हिस्से आये वो आख़िरी रोटी
जो थकान से टेढ़ी–मेढ़ी हो

जिसके पास फन वाला एक साँप हो
जो मुँह अँधेरे
नहाती हो नग्न तालाब पर जाकर

लपेटती हो साँप को अपनी कमर के इर्द–गिर्द

कत्थई रंग में दिखती हो जिसकी जाँघें
भरी और गूदेदार
अजन्ता–एलोरा की कामुक प्रतिमा–सी

जिसकी देह से फूटे
अनार या अंगूर की ख़मीरी गन्ध

जो बन रही हो धुआँ
धीरे–धीरे

49

मन के गुनगुनाने का कोई अर्थ नहीं होता
स्पर्श की आहट का कोई नाम नहीं होता

देह से लिबास का ढह जाना समर्पण है प्रेम में
आत्मा का निर्वस्त्र होना एक पवित्र यज्ञ है प्रेम में

अँधेरा तब तक चुप्पी साधे रहता है
जब तक जिस्म पानी नहीं हो जाते

आँखें तब तक तरल नहीं होतीं
जब तक उनमें कोई भीग नहीं जाता

अबोला तन
बोलता है समुद्री रंग में रँगी भाषा
ठण्डी
नम और श्रमहीन

अबोला मन डूबता है
जिस्मों के आलाप में
जैसे आरोह में उठती है एक तीक्ष्ण पुकार
और अवरोह में ध्यानमग्न हो जाती हैं आँखें

तीसरी बार का संसर्ग
और अलंकारों में बही जिस्मों की बोली

किसी सुगन्धित फूल को मसल कर
उसे निर्वाण देने जैसा ही एक सूत्र है

मैं उलझ गया हूँ
उस मायावी सुवासित ग्रीवा की एक गहरी रेखा में
जिसकी मैत्री उसके कपास से लावण्य से है
मैं भागना चाहता हूँ
उसके पीले
आनन्दित और अलसाते मोह से

पर भाग नहीं पाता कहीं
क्योंकि पृथ्वी उतनी ही छोटी है
जितने उसके वक्ष

50

मैंने पीछे के पन्नों पर देखा
तुम नहीं थे
तुम थे तो
पर बहुत पीछे

मैंने पुल बनाये
इच्छाएँ रोपीं

रातों के पहरों में प्रतीक्षाओं के घुँघरू बाँधे रखे
लालटेन की बत्ती तेल ख़त्म होने तक जलाये रखी

ख़ुद को कँटीली झाड़ियों के बीच रखा

तुम साथ थे
बहुत पास
इतने पास
कि मैं तुम्हारी अदरकी तीख़ी गन्ध में
ख़ुद को तरल होते देख पा रही थी

यह बारिशों की बात हो सकती है
या किसी भरते
ख़ाली होते
रंगों की अदला–बदली भी

जीभ का नमक जैसे जीभ जानती है
और बाजू में बँधा पीर का धागा
पीर का ही तिलिस्म बाँचता है।

मैं भिक्षुणी एक ठण्डी आग में तपी
तुम्हें उस पाप के लिए श्रापित अवश्य करूँगी
जिसमें मेरे लम्बे बालों का जंगल
स्वाहा होने लगा है

मैं तुम्हारी अवज्ञा करूँगी
क्रोध करूँगी
तुम्हारा त्याग करूँगी

तुम्हारे प्रेम के बुद्ध को ताड़पत्रों पर लिखकर
उन्हें समुद्र में बहा दूँगी

और ख़ुद को देखूँगी
अपने जिस्म से उतरते हुए
समुद्र में बिखरते हुए।

51

स्वप्न रेखाएँ
आड़ी–तिरछी अबूझ पहेलियाँ और तपते रहस्य

एक के बाद एक सब में डूबते गये
जीवन के सूक्ष्मतम तत्त्व को आत्मा में ग्रहण करते

समाधिष्ट होते तत्त्वों के नन्हें तन्तु
शब्द सुनने की कोशिश में मौन को पीते
जिस्मों की अबोली भाषा से

देह के कमल रहस्यों में ख़ुद को खोजते
जैसे कोई अधूरी कविता को दुहराता है बार–बार

तब
एक तल खुलता है नया
जिस पर पाँव रखते ही हम तैरने लगते हैं
अपनी–अपनी समाधियों के नव–शिल्पों की शीतल धारा में

धीरे–धीरे उतरने लगती है रात
शिथिल आत्माओं की सफ़ेद चादरों पर

हम चूमते हैं उँगलियाँ एक–दूसरे की
विस्तारित रात के पाखियों की कलरव में

टाँगते जाते हैं एक–दूसरे के अनकहे शब्द बोधि–वृक्ष की शाखों पर

हम सोते हैं बुद्ध की आँखों में
और जागते हैं बुद्ध की ही आँखों में

52

जन्म लेना चाहती हूँ
नम्रता के तल पर

विलीन आकाश की भंगिमाओं में शामिल
तुम्हारा चेहरा नहीं दिखता

ईश्वर!

53

आँखें खोलती हैं पत्तियाँ
अब उमस भरी रातों के ऊपर सोकर
तलाशती हैं
दाग़ वाले बिछौने और धूप से सने चुम्बनों के निशान

कुछ रात के सीने पर
और कुछ
जो जा चुके थे आत्मा की संकरी गली तक

कोई तारा बहकता है अपनी ही बातों में
निष्पाप
सूखे प्रेम के स्वाँग के साथ

एक भाषा जन्म लेती है
जिसे समझने के लिए
हम और क़रीब हो जाते हैं सुबह

यह आत्माओं के शहर में
किस हद तक दीवानगी छूती है
जीभ से हर निशान ढँका हुआ

54

अभी–अभी मेरे दो टुकड़े हुए हैं

मैं अपने सन्तुलन में तराजू की नोक जितनी हलकी–सी लड़खड़ाई हूँ
मेरे दृश्य, समझ और अहं भी
उसी तरह विभक्त हो गये हैं

क्या किसी विषैले वन्य जीव की आँतों की लिसलिसाहट है यह?
या दर्शन की कोई पाश्चात्य दुस्साहसी विडम्बना

रंग की भी अपनी धुन होती है

जिन दिनों मैं रक्तिम पलाश के फूल चुनती थी सड़कों पर से
उन दिनों महावर और बिछुए उतार दिये थे मैंने

और अब जब नीला रंग मेरे कण्ठ में उतरा है
तो उसके साथ चेरी ब्लॉसम की नाजुक कलियाँ
मेरी रीढ़ की सीधी रेखा पर
कोई प्रेम कहानी बुनना चाहती हैं

इन दिनों मैं बेमतलब मुस्कुराती हूँ।
बेमतलब क्रोध करती हूँ
और बेमतलब अपने बचपन के उस प्रेमी को याद करती हूँ
जिसने मुझे रात के समय खिड़की से केवल पुकारा भर था

उस समय मैं स्ट्रॉबेरी जैम बना रही थी
और शक्कर की जगह
उसमे गाँव से मँगवाया गुड़ डालने के बारे में सोच रही थी

मेरे पिता ने सबके सामने उसे दो थप्पड़ लगाये।
मैं कितनी अनजान थी प्रेम की भाषा को लेकर उन दिनों

वो शायद बसन्त का मौसम रहा होगा।
लेकिन स्मृति पर ज़ोर डालने पर वो पतझड़ का मौसम लगता है

अब मैं अपने घर की चाबियाँ
कहीं भी रख कर अक्सर भूल जाती हूँ
पीछे मुड़ कर देखती हूँ
तो बन्द घर की जगह
सूखा खलिहान दिखायी देता है

मेरे दोनों टुकड़ों में ध्वस्त शोरगुल
अपनी–अपनी दुनिया के कोनों में पड़ा
ईश्वर की आँख बनना चाहता है

लेकिन किसी भी टुकड़े को
अब स्ट्रॉबेरी जैम बनाना नहीं पसन्द।

55

तुम्हारी नाभि के पास
एक चन्द्रमा है काला

उस अनन्त सौन्दर्य की गरिमा में
मैं उसे छूकर
निर्वाण नहीं देना चाहता

तब तक दृश्य बनाता रहूँगा
जब तक एक भी साँस का
आरोह–अवरोह भिन्न है

जब लयबद्ध हो जायेगी सृष्टि
तुम्हारे अन्तस् के संगीत से

जान लोगी मेरा अज्ञात

और
पाँव रख लोगी
मेरी गुफा में

तब
मैं प्रवेश करूँगा
तुम्हारी नाभि में!

56

तुम इश्क़ करना
और ज़रूर करना
इस तरह से करना कि एक आँच तुम्हें छूते हुए गुज़रे

तुम इश्क़ में राबिया होना
रूमी होना
और जहन्नुम होना

एक बार ज़रूर होना

तुम इश्क़ करना
मज़ारों को औने–पौने दामों पर ख़रीदना
काबा को निगलना
बनारस पर हँसना
गंगा को नकारना
कृष्ण को जालसाज़ कहना

लेकिन इश्क़ करना
ज़रूर करना

अपने होने को तार–तार करना
भंग करना अपना कुँवारापन
और देखना कि कौन–सा पहाड़ टूटता है तुम पर

नहीं टूटेगा कोई बाँध
न रस्सी
न डसेगा कोई साँप

तुम इश्क़ करना और ऐसे करना
जैसे राधा ने कृष्ण को अपनी उम्र के साथ अपनाया
और कृष्ण ने राधा को ख़ुद में समाया

तुम ऐसे चोरी करना हृदय की
जैसे मुक्तिबोध कविता सुनाते अँधेरे की
जैसे अज्ञेय की कहानी रोती सभ्यता के एक दिन पर
जैसे मार्केज़ का जादुई यथार्थवाद चुराता है हृदय

किसी सीले हुए मौसम में पीसना अनाज
और भीगना केरल के मॉनसून में बेवजह
पीना शिलाँग की हरी और तिब्बत की मक्खनी चाय

पर इश्क़ करना
और ज़रूर करना

चाहे बनना पड़े मुस्लिम से हिन्दू या हिन्दू से मुस्लिम
या पहनना पड़े बड़ा–सा पंजाबी चूड़ा या लगानी पड़े माथे पर बिन्दी
खानी पड़े गुजरात की मीठी कढ़ी या चखना पड़े मछली में पड़ा नमक

तुम शहर मिलाना
रंग मिलाना
नक़्शे मिलाना
सरहदें मिलाना

पर इश्क़ करना
ज़रूर करना।
और इस तरह से करना
कि फ़ैज़ का कोई कलाम आधी रात को
तुम्हारी आँखों से बेवजह बहे

तुम इश्क़ में मिर्ज़ा होना
साहिबा होना
चुनना एक कच्चा घड़ा हीर का
और डूब जाना उसके भरोसे
जानते हुए भी कि ये डुबो देगा

या फिर एक काठ की क़श्ती होना
दूर तक बहते जाना
बहते–बहते किनारों को विदा करना
जैसे करते हैं विदा पिता की अर्थी को।

देखना
बीती हुई सर्दियाँ तुम्हें पुकारती हैं या नहीं
या कोई गर्म दोपहर
तुम्हारी लाइब्रेरी वाली इशारों की मुहब्बत की प्यास बुझाती है या नहीं

तुम अलाव होना
जलते रहना सर्दी की रातों में
अपनी चिनगारियों से किसी की याद को
दिसम्बर के सर्द मौसम में फैलाना

पर इश्क़ करना

और ज़रूर करना।

तुम इश्क़ में कोई यादगार तस्वीर होना
चौपाटी पर नारियल पानी पीते जो खिंचवायी थी कभी

या फिर किसी कवि की किताब ही हो जाना
सोचना उस कवि को
छूना उसकी वक़्ती धूल को अपनी नज़रों से

तुम छूना
ज़रूर छूना
मगर उसके हृदय की पीड़ा पर कभी उँगली मत रखना
जिस पीड़ा को वह लिखता है बहुत शिद्दत से

सोचना
कि किस तरह से मरते हैं लोग प्रेम में
सोचना
कि किस तरह से जीते भी हैं लोग प्रेम में

लड़ना माँ से
क्रान्ति करना पिता से
भाग जाना घर से

कोई रिश्ता नहीं टूटेगा
न टूटेगा कोई भरम

पर हाँ
जीने लगेगा एक रिश्ता
तुम हथेलियों पर फैली लकीरों को बदलना

इश्क़ में धर्म होना
मज़हब होना
और हो जाना बहता पानी
पर इश्क़ करना
एक बार ज़रूर करना।

57

अभी तो मेरी बाँह मरोड़ी जायेगी
मुझसे तथाकथित सत्य उगलवायें जायेंगे
मेरी मासूमियत को निशाना बनाया जायेगा

मेरे राशनकार्ड, आधार–कार्ड और पासपोर्ट को जाँचा जायेगा
मुझसे नक्सलवादी गतिविधियों के केन्द्र पूछे जायेंगे

मेरे माँ–बाप को लानतें दी जायेंगी
वर्जेनिटी से लेकर कण्डोम तक पूछताछ होगी

मेडिकल करते समय
नर्स इन्सानियत के सारे भाव खोकर
मुझे हलका नशा देगी

मेरी नस से ख़ून निकालेगी
रेड ब्लड सेल्स, वाइट ब्लड सेल्स की जगह आतंकवादी छावनियों के सुराग़ ढूँढने को ब्लड सैम्पल देगी

और मैं ख़ुद पर दया करने लगूँगी
मैं ख़ुद पर दया करने लगूँगी और मुस्कुरा दूँगी

क्योंकि हलके नशे में मुझे मेरा प्रेमी याद आयेगा
मुझे याद आयेगा उसका स्पर्श
उसका चुम्बन

उसकी भादो–सी बहती आँखें
उसका शमशेर का कविता सावन

मुझे याद आयेगा
उसका दिया पीतल का कड़ा
वही कड़ा जिसे उसने करणी माता के मन्दिर के बाहर लगी दुकान से ख़रीदा था

मुझे याद आयेगा वो पहाड़
जहाँ उसने मुझे प्रपोज़ किया था
और मैं मारे डर के पहाड़ से कूद जाना चाहती थी

यही हुआ बस हम दोनों के बीच
बस इतना ही

इतना ही बहुत था जीवन भर सहेजने को
इतना ही बहुत था कि हमने प्रेम का नमक चखा था

नमक ईमान का भी चखा था
बस दर्द इन्सानियत का मिल गया

मुझे एनकाउंटर के लिए चुन लिया
मैं तो एक ही गोली से मर गयी थी
लेकिन यह तो एनकाउंटर था
कई गोलियाँ बेकार करनी पड़ीं मुझ पर

जंगल के पंछी दुबके
जानवर सहमे

बस यही हुआ

हाँ बस इतना ही

मैं नहीं जान पायी
कि मेरा प्रेमी इस बात पर रोया या नहीं

मैं नहीं जान पायी
कि मेरे नक्सलवादी घोषित होने के बाद
वो कड़ा किसे दिया गया।

मैं नहीं जान पायी मैंने प्रेम का नमक अदा किया या नहीं

मैं मारी जाने से पहले भी
केवल प्रेमिका थी
और मारी जाने के बाद भी

अख़बारी इश्तेहारों का क्या है
वो तो धन्धा है पत्रकारों का

रूमी कहते हैं
मैं तुझे सही और ग़लत के पार जो मैदान है न
वहीं मिलूँगा

मैं भी उसी मैदान की खोज में हूँ
मैं भी सही और ग़लत के पार ही मिल पाऊँगी

58

दुनिया को अदृश्य रूप में देखने की सोहबत केवल ऐसा गुलाब दे सकता है
जो अपना रंग खो चुका हो
आकार से मुक्त हो
और अपना सामर्थ्य त्याग चुका हो

जो अपने भीतर बचे
संगीत की बारीक़ लकीर पर चल सकता हो

जो अपने जन्म की पुष्टि स्वयं कर सकता हो

59

एक नदी थी
जो नृत्य करना चाहती थी

वह हर रात मेरी माँ से निकलती थी
जब भी वह खिड़की से चाँद देखती थी

माँ कभी बूढ़ी नहीं हुई
क्यूँकि सूर्य का ताप
उसकी अलसायी उम्र को लगातार प्रेम करता रहा

वह जादू सिखाता रहा
और माँ सीखती रही

भ्रम टूटते रहे और मैं बार–बार जन्मती रही

60

भोर का पीला नयनतारा
यूँ टकटकी लगाये
मेरी त्रिवेणी में गुँथा है

जैसे रेशम का तुम्हारा कुर्ता उलझा हो
भीनी इत्र की सिलवट में

मेरी केश–सज्जा अधूरी है प्रिय,
मेरा सिंगार भी अधूरा
लाकर दो न चाँद बाली मीना बाज़ार से
माथा पट्टी और गहरा सिन्दूर
गोटा लगा सुनहरी दुपट्टा और शनील का सलवार–कमीज़
मोगरा का गजरा और शिल्पा की रानी रंग की गोल बिंदिया

मेरे मुँह में रखना बूँदी का लड्डू और थोड़ा ख़ुद खाना झूठा

रात का कलेजा सिसक पड़ा है
सुनने को तुमसे बादल–कथा

साँझ की चाशनी में अधूरी पड़ी है
वही कुएँ की चंदेल–चुड़ैल की कहानी

माटी घोल के चूल्हा पोता है अभी
चूना रंग से किनारे रँगे

आओ तो प्रिय!
साथ रोटी और मूली की भाजी खायेंगे

अधूरी कथाएँ पूरी करेंगे।

61

मिट्टी हृदय की उतनी जितना मलाल
रक्त की छेनी चली मध्यरात्रि तलक
शनैः–शनैः

दोष में भीगी उपवन की चुनरिया
कहीं रक्त बहा
कहीं आसक्त तन

देखो आँखें काजल भरी
इनमें पाप भरा

कृष्ण हुए कल्पित
मांसल जंघा के स्वामी
अधीर शूद्र प्रेयसी के आलिंगन में लिपटे

भोग को आतुर
चक्षु भरे

सयानेपन से लीला की गोपनीय गलियों में विचरें

धीर धरो
अम्बर सजाओ
मौली बाँधो
चन्दन का लेप करो

प्रेम करो
हत्या करो
नीर के रुदन में
स्वामी तुम मृत हो जाओ

वसन त्याग प्रेयसी लिपटी ऐसे
जैसे अम्बर लिपटे धरा से
कृष्ण–कल्पित की बाँसुरी बजे जैसे

आओ आडम्बर करें
छल करें
प्रेम में भोग करें

रासो कवि के तत्सम शब्द बनें
आओ मध्यरात्रि का संहार करें!

62

सम्भोग तब–तब तिरस्कृत होता है
जब–जब वह योनि मार्ग तलाशता है

और वही पाता है जितनी डूब की चाह रखता है

समागम
किसी पुरातन आत्मा के तर गले से निकला एक राग है

जिसकी आदि प्राप्ति
सृष्टि की प्रथम सुगन्ध को ख़ुद में समाये
अतृप्त स्त्री–पुरुष ही कर पाते हैं

जो आत्माओं के दरवाज़ों में
प्रवेश करना जानते हैं

63

नृत्य की कोई भाषा नहीं होती
नृत्य एक निर्णय होता है
स्वयं के पुनरुद्धार का

विस्मृति की भीड़ को
पूजने मात्र का एक तरीक़ा
या केवल एक रस्म भर

जिसे निभाने पर भर जाती हैं
आस–पास की अस्वीकृतियाँ
हमारी स्वीकृत सत्ता से
हमारे अपरिचित ईश्वर से

जो तभी गढ़ता है
जब हम थाप देते हैं हृदय की ज़मीन पर
और तब तक देते हैं
जब तक तलुवे रक्तिम नहीं हो जाते

जब तक यह निर्णायक उत्सव चलता है
तब तक हम नकारे जाते रहते हैं
हमारी प्रजातियाँ कोसी जाती रहती हैं
हमारे द्वन्द्व आधी लड़ाई के बाद
हारे हुए माने जाते रहते हैं

धार्मिक सत्य हमारी आत्मा को
परम गति से लहूलुहान करते जाते हैं

जीवन एक निष्फल, अप्रीतिकर चीत्कार में
अपनी बौद्धिक पूर्णता के बावजूद
मृत बिल्ली समान लिथड़ा रहता है
अपनी ख़ूनी आँतों में

ईश्वर की प्रार्थना में आँखें बन्द किये
हम जीर्ण–शीर्ण हो जाते हैं
नृत्य की आख़िरी थाप तक
एक ज़रूरी शर्त को पूरा करते हुए

अपने उस हिस्से को दुबारा रचते हुए
जो सदा अधूरा रहना चाहता है।

64

जिस समय मैं जन्म ले रही थी
ठीक उसी समय मृत्यु मेरे पास खड़ी थी

जिस समय मैं हँस रही थी
ठीक उसी समय कोई वेदना मेरे जिस्म पर लहर बना रही थी

एक क्षण आँखें खुलती हैं

धूप, मौसम और अस्तित्व की मुद्राएँ देखती हैं
और दूसरे क्षण अपने भीतर की गुफा में गुदे भित्तिचित्र देखने लगती हैं

मेरी आँखें
उन स्तूपों पर लिखे चिह्न
आसानी से पढ़ लेती हैं
जिन्हें भाररहित होकर मैं देख सकती हूँ
अपने किसी भी जन्म से

उन संस्कृत शब्दों के उच्चारण में
मेरी आत्मा झीनी हो जाती है
जिन्हें मेरे पुरखों ने सिन्ध नदी के किनारे उच्चारित किया होगा

जन्म और मृत्यु की स्मृतियों के मध्य
एक युद्ध लगातार मुझे थकाता रहता है

और एक पारदर्शी बूढ़ी स्त्री
हर रात
मेरी खिड़की पर एक दिया जला जाती है।

65

लगाये रखो आग कि जब तक भस्म न हो जाये तमस
सुरक्षित रखो अपने धारदार हथियार
ताकि तुम्हें निहत्था न लड़ना पड़े

ख़रीदो थोड़ी प्यास मरने की
और सो जाओ चादर में मुँह ढाँपे
मगर रोशन रखो अपने भीतर का अँधेरा भी
क्योंकि बुझने से वो अपाहिज हो जाता है

थोड़ी वहशत रखो सपनों की
थोड़ी दया अपनी कविताओं के लिए
हर कविता से पहले सोचो अपने कवियों की आँखें
गुप्त रखो उनके संकेत

कुछ दावा करो जीने का
यही छोटी मशालें तुम्हारी आँखों में दिखेंगीं
जब तुम निःशब्द होगे
हाहाकार के सामने

ये घुटने नहीं टेकने देंगी तुम्हें
खींच लेंगी तुम्हारा हाथ उम्मीदों को छोड़ने से पहले

नाउम्मीद होना ज़रूरी है एक बार

दुबारा उम्मीद की पैदाइश के लिए

विध्वंस ज़रूरी है एक बार
पुनः नवीन होने के लिए

मगर दर्द सँभाले रखो
उसी तरह
जिस तरह तुम्हारे पिता ने सँभाली हों पुरानी जागीरें

बने रहो चुभता हुआ काँच आँखों में
मसलते रहो तर्क और बेबुनियाद मशवरे

लिखते रहो समय को अपनी देह के पोर–पोर पर
उगाते रहो क्रान्तियाँ अपने हाथों की लकीरों पर

मगर सोना तो आँख में पानी भरकर सोना
और जागना तो एक भरम तोड़ कर जागना

दुनिया वैसी बिलकुल भी नहीं
जैसी दिखायी देती है तुम्हें पास से

इसलिए निर्माण करो उन आँखों का
जिनसे देख सको तुम
ताजमहल के बनने के बाद कारीगरों के कटे हाथ

और चीन की दीवार में दफ़न मज़दूरों की लाशें

66

हम वाक्य तैयार करते हैं
(झूठ के)

हम विन्यास तलाशते हैं
(क़ाबिल दिखने के लिए)

हम दूसरों को भाषा की मौत देते
(ख़ुद को सफ़ेद रखने के लिए)

हम गीत गाते हैं, आराम कुर्सी पर बैठकर
(ताकि निर्दोष नष्ट हो सकें)

हम जनगणना में हिस्सा लेते हैं
(मृत्यु के प्रमाण–पत्र के लिए)

हम तर्क देते हैं
(विषयों को भटकाने के लिए)

हम कविता लिखते हैं
(ख़ुद को पागल करने के लिए)

हमारी बूढ़ी पीढ़ियाँ रक्तपिपासु रहीं। जब हम जन्मे तो हमारे कमरे बन्द थे ताकि रक्तांजित कछुए हमारी सुगन्ध को नथुनों में न भर लें। हमारे समय के भेड़िये हम ख़ुद हैं।

हमारी मौत हमारी पीछे न देख पाने की अयोग्यता में है

यह कितना हास्यास्पद है
और मैं आज रात इसका स्वप्न देखने वाली हूँ।

67

कविता
तुम ईर्ष्या हो मेरी

मेरे प्रेमी के विस्तार में
तुम अक्सर बेखौफ़ दिखायी देती हो

तुम्हारी आँखें किसी नश्तर की तरह चुभती हुई धँसती हैं मुझमें

मेरी हताशा के आवेग से
तुम बेशक एक प्रामाणिक कृति बनती हो

लेकिन
तुम्हारा उगना इतना असमय होता है
कि मैं बिना आनन्दित हुए
लिख देती हूँ तुम्हें
एक ही साँस में

68

पिता के पाप गर्भ में ही सन्तानों की आँखों में होते हैं
क्यूँकि ईश्वर सहूलियत चाहता है

सन्तानें ठीक जन्म के समय
अपना पितृक़र्ज़ चुका देती हैं

इसलिए युगों के अन्तराल में पिताओं के पाप बिना किसी आज्ञा के
समाप्त करती हैं सन्तानें

69

तुम्हारी आत्मा तुम्हारी अवस्था है
और नथ
तुम्हारे योगिनी होने का कामुक प्रमाण

नाभि शृंगारिक मन्त्र
जिन्हें दुहराते हुए मैं इच्छा से ग्रसित सर्प बन जाता हूँ

70

प्रेम मेरे पुरखों की आँखों का आँसू था
जो बिना गिरे ही उनकी चिताओं में जल गया
तब से मेरा किया तर्पण श्रापित है

और मेरा शरीर
मेरी मौन प्रार्थनाएँ!

71

मेरी भी कहाँ थी यह अभिलाषा
कि एक रूपक समान
तुम्हारी हँसुली पर सुशोभित हो जाऊँ

न था तुममें ही इतना अदम्य साहस
कि मेरे हृदय के सारे भ्रमर–गीत सुन पाते

पुष्प–रात्रि की वह अर्ध बेला ही काफ़ी थी
सड़क पार करते जब सुनायी थी तुमने कविता
सरोजिनी नायडू की 'स्ट्रीट क्राइज़'

और छत पर बैठे सारे प्रेमी युगल देख रहे थे
कविता में बिकते फूल

लेकिन एक दुविधा सदैव रहती है
हाँ और न के मध्य

अभिलाषा और साहस के मध्य
जिसे न मैं पार कर पायी न ही तुम

यह भी तो एक क्षणिक अपराध होगा न
जैसे जहाज़ का पलट जाना
ठीक उसी समय जब बन्दरगाह हो आँखों के सामने

प्रेम की दिशाएँ किसने मापी हैं
और प्रेम के कोण पर कितने ही प्रेमी खड़े रह पाये

पर क्षमा के दीप की खण्डित रोशनी में
हम एक साथ ही होंगे अपराधी।

72

मेरे सभी सतर्क पुनर्जन्म
पाषाण वनस्पतियों की जीवित गन्ध हैं

कितनी ही रातें घिरी थीं
पूर्णिमा के चाँद से
कितनी ही थीं
ख़ाली और बिन शब्दों की

मेरे पास रोष है
सम्भावित अश्रु की गति धारा में बहता

गीत सहमे और व्याकुल

याद आता है कभी पत्तों का सुनना
ठाकुर जी से प्रकृति के गीत

गणित में व्याख्या है
प्रेम और गद्य की।

एक अचम्भित ज्वर की नदी
क्या आधार नहीं धुँधली आकृतियों के प्रेम की

73

प्रेत लौटते हैं भस्म होने के बाद भी

जानती हूँ तुम लौटोगे अधूरी और अतृप्त कामाग्नि में जलते हुए

बेलूर मठ से लौटते समय
सरिता सेन ने जब मुझे शारदा माँ की जीवन–कथा लेते देखा

और देखा कि अवसाद ने मेरे पाँव सुजा दिये
तो उसने एक विधि का खुलासा किया

यह कहते हुए
कि जिस तरह आटे की पुतली से होता है वशीकरण
उसे भूत लकड़ी से बाँध कर

उसी तरह आटे की पुतली की आँखों में लौंग डाल कर
प्रेमी के प्रेत को किया जाता है अन्धा

यह करना सरल था मेरे लिए।
लेकिन अचम्भा तो इस बात का था
कि काठ की नौका से गंगा पार करते हुए
वह पलट गयी और मैं किसी तरह किनारे लग पायी

लेकिन जो नहीं डूबा
वह मेरे भक्षक प्रेमी की आत्मा वाली पुतली थी

मैं समझ गयी
सरिता सेन की विधि में वो ताप नहीं
जो मेरे प्रेमी की आत्मा को अन्धा कर सके

हर कविता का अन्त प्रेम, गुलामी, मृत्यु या अठखेली कैसे हो सकता है भला!

और तुम्हें क्या लगता है
बंगाल में पंजाबी लड़की क्या नहीं सीख सकती
इससे भी अधिक दरिद्र और भयावह वशीकरण के मन्त्र और हत्या के नये सूत्र

(कोलकाता की जादुई हवा के कण–कण में प्रेम के वशीकरण का जाल–सा बुना हुआ है। ऐसा सरिता सेन ने बेलूर मठ में घूमते हुए बताया मुझे।)

74

तुम्हें लौटना होगा

अपनी यौन इच्छाओं के साथ व्याकुल देह को रिक्त कर मुझसे विरक्ति के बन्धन का निर्वाह करना होगा

क्यों तुम मेरी मादक आत्मा की राह में खड़े हो
उतर जाओ उन ख़ाली सीढ़ियों से
अपने डूबते हृदय को सँभालो

सुनो

जासूसी उपन्यास पढ़ने वाले
मैं एक गौरैया हूँ
मेरे स्वर में ताज़ा और सुगन्धित मधु है
और मैंने हत्या की है उन छोटे प्राणियों की
जिन्होंने मेरे स्वर को इतना तल्लीन बनाया है

करनी पड़ी हत्या
क्योंकि उनका प्रेम मुझे डसता था
पर मैं कसम खाती हूँ
मुझे दुख हुआ था
बस इतना ही जितना तुम्हारी हत्या करने में होता

तुम्हारा संहार कर मुझे तृप्ति मिलेगी

मैं सच कहती हूँ।
हुगली नदी का जादुई जल मेरे हाथ में है

उस जल की सौगन्ध

बताओ किस रीति से हत्या करूँ तुम्हारी
क्या बर्बाद कर दूँ तुम्हारी उम्र
या किसी बंगाली बाबा से पुड़िया ले आऊँ
ताकि तुम्हें खिला सकूँ मिष्टी दोई और चाय के साथ

मैंने गिरीश घोष से जड़ी–बूटी तो ख़रीद ली है
तुम्हारे यौनिक भूत की पिपासा का अन्त करने के लिए

गिरीश घोष ने पान खाते हुए मुझे सब विधि समझायी
कि प्रेम का अर्थ बहुत गहन होता है
भूत की लकड़ी के तन्त्र से कहीं ज़्यादा गहरा और असरदार

इस लकड़ी का काढ़ा कड़वा होता है थोड़ा
तो तुम अपनी जीभ की नोक से चखना
और अपने स्वर का मधु मिला देना

हत्या के बाद मुझे सच में कोई ग्लानि नहीं हुई
खाती हूँ तुम्हारी कसम
मेरे भटकते प्रेमी

तुम्हारी सूनी आँखें सदा मेरी स्मृति में रहेंगी

(कोलकाता की जादुई हवा में कविता लिखना किसी सम्मोहन से कम नहीं।)

75

सबसे कोमल है
हृदय के उस लिबास को उतारना
जिन्हें शब्दों की भाप
गर्म रखती है

सबसे कोमल है
केवल
संकेत देना
और क्षण भर रुकना

76

प्रेम कभी बोध नहीं होता
अनिवार्यता का

न देह ही कामना हो पाती है हर क्षण
जब–जब रचती है देह
स्वाँग प्रेम का

तब–तब निष्काशित होते हैं
अबोध प्रपंच

77

इस बर्फ़ के शहर में
तुम्हारी कोई चिट्ठी नहीं आती
आता है तो केवल तुम्हारा ताप

वह फिसलना चाहता है मेरे हाथों से
छीनना चाहता है मेरी पीली कुम्हलाई देह
मैं अकेली लौ की तरह काँपती हूँ

काँपती हूँ तब तक
जब तक दुख अपने लिखने को
मेरी देह में तब्दील नहीं कर लेता

मेरी साँसें बन्द हैं तुम्हारी काँच की दीवारों में
और तुम्हारी बातें
तहदार हैं किसी कम्युनिस्ट की तरह

कुछ छिपी हुई रोशनियों से
फ्रायड के किताबी सन्देश मेरी काँच की दीवारों से झाँकते हैं

मेरी बाँहें सिमोन की सफ़ेद परछाईं को समेटे
लिपटना चाहती हैं तुमसे

सड़कें लम्बी होती जाती हैं
दिन छोटे

रातें दिन से भी छोटी

और मैं
एक अवसादग्रस्त शहतूत का पेड़ बन
गिलहरियों को
बदलती शताब्दी के तर्कों की मिठास से भरे
शहतूत खिलाते हुए
उनके कानों में तुम्हारा नाम ऐसे लेती हूँ
जैसे कोई फाहा हो रुई का

गिलहरियाँ प्रेम करने लगती हैं
तुम्हारी साँवली खुरदरी पीठ से
और मैं
सिगरेट के धुएँ के छल्लों में
प्रेम के ख़ौफ़ का लिफ़ाफ़ा खोलती हूँ

मेरी सड़कें बहुत लम्बी नहीं
गहरी हैं बहुत
क़ब्र जितनी

78

जैसे अनिवार्य है
साँस का हवा में घुलना

वैसे ही अनिवार्य है
प्रेम का बिना जड़ के केवल शाखाओं पर उगना
जड़ें बाँधती हैं

और प्रेम कब बँधा है

प्रेम का आगमन भी उतना ही निरीह है जितना निर्वासन

79

मेरी देह सत्ता है तुम्हारी मनमानी की
मैं मिटने नहीं देना चाहती
अपने तल पर तुम्हारे नृत्य के निशान

किसी भावुक क्षण का सच हो तुम और तुम्हारा अँधेरा इतना नर्म

जैसे कोई क्षमा पुरानी

80

नग्नता इस लिहाज़ से आपत्तिजनक नहीं कि हम अपने उस हिस्से को, जो सबसे ज़्यादा रहस्यमयी है, अपने सारे लिबास उतार कर ही देख सकते हैं।

जन्म

प्रेम

सौन्दर्य आकर्षण

समागम

मृत्यु

ॐ

81

(अज्ञेय को समर्पित)

नये अर्थों को तलाशते हुए
आशाएँ स्वप्नों का बादल बन
सौहार्द के सामीप्य से
उतनी ही स्नेहिल रहती हैं
जैसे चिड़िया की चोंच में
क्षुधा की तृप्ति को समर्पित अनाज का एक दाना

सान्ध्य बेला की लालिमा में
अवध के आसमान में तैरते असंख्य नन्हे पाखी हृदय
जीवन के सौन्दर्य का केवल एक पक्ष निहारते
कभी सुनते
कभी स्मृतियों की धुरी पर
अपने गतिमान होने को टटोलते

कैसा होगा सुख प्रिय
जो रिसता होगा तुम्हारी आँखों से
तुम्हारे एकान्त में

और कैसा होगा मेरा दुख
जिसने खोजा होगा
धरती का एक समतल टुकड़ा

प्रतीक्षा के क्षितिज तक

यह चार पहर क्या कम हैं जीवन के चार दरवाज़ों से
जिनकी चौखट पर मेरी परछाईं खड़ी रहती है दिन भर

मगर तुम फिर भी मेरा कोई तर्क न मानना
क्योंकि वृक्षों पर फलों के साथ
सदा उगता है असीम धैर्य

82

पिछली रात वही कम उम्र ऊँट मार दिया गया
जिसके जीवित रहते
कोई उसकी घुँघरू जैसी कोमल आवाज़ कभी नहीं सुन पाया

वह बख़्शा गया था
उन नारों की दहकती अग्नि से
जिसकी रेतीली सराहना रोशनीहीन थी

जो ज़बानें उसके कन्द समान मांस को
अपनी ऐन्द्रिक तन्द्रा में
चख पाने का रिवाज खोज रही थीं
वह एक सहज आनन्द तो कभी नहीं था

वहाँ औरतों के झुण्ड में
अपनी पीढ़ियों पुरानी चक्की के पास
सबसे पीछे खड़ी मैं रो रही थी

इसलिए नहीं कि अब एक उत्सव होगा आनन्द का
इसलिए भी नहीं
कि जब खुरदरी लकड़ियाँ स्वाहा होकर
अपना अस्तित्व त्याग रही होंगी
तो लोग उसके चारों तरफ़ मादक नृत्य कर रहे होंगे
मेज़ों पर नये काढ़े गये मेज़पोश बिछेंगे

और जौ की शराब व्यंजनों के साथ परोसी जायेगी

बल्कि इसलिए क्योंकि बढ़ते प्रकाश में
किसी ने नहीं देखा था उस रोज़ मादा ऊँट को संसर्गरत होते

न किसी ने यह देखा
कि उसकी उष्ण देह के गर्भ में एक सितारा बिखर गया है

83

कुछ यूँ भी रिक्त होता हूँ
रक्तबीजों से

जब चुनता हूँ
श्रीबीज
तुम्हारी करुणा के

ताकि
समाहित हो सकूँ सृष्टि के विस्तार में

देर तक सुनता रहा तुम्हें
तुम्हारे जाने के बाद

बुद्धं
शरणं
गच्छामि

84

हे पार्थ
आँखें खोलो

देखो सन्ध्यातारा

रक्त नमक नहीं होता
जो अपनी आवृत्ति नष्ट कर देगा रेत में
वह देर तक खौलेगा मृत देह में
देर तक उसका ताप रहेगा धमनियों में

कुछ सियार भटकेंगे मृत देहों की सुगन्ध पाकर
कुछ भेड़िये नोचेंगे बचे हुए स्वप्नों को

हे पार्थ,
जाता नहीं कुछ कहीं भी
न समाप्त होता है कभी युद्ध

जीवन अक्सर पीड़ा देता है
और अस्त्र भी

देखो उस लहू की धार को
उन कटे अंगों को
उन जुबानों को
जो निकली पड़ी हैं अन्तिम प्यास से

लेकिन यह साँझ है
और माँओं के चूल्हे गर्म
आज सन्तोष के कौर ग्रहण करना
अपने आशीषों पर विश्वास रखना

अगर जन्मे कोई ग्लानि
तो एकलव्य की अँगूठे की पीड़ा बनना
उस छल को याद करना
जिसे द्रोण ने गुप्त साधना के बदले एकलव्य से लिया

यह निश्चित है
कोई युद्ध कभी समाप्त नहीं होता
न धूमिल होते हैं इतिहास में दर्ज कुछ दृश्य
न समाप्त होते हैं कुछ प्रसंग
न धुँधले होते हैं कुछ प्रतिबिम्ब

कुछ तीर तुम्हारे भी हृदय पर घात करेंगे
कुछ शंकाओं से तुम्हारे पुत्र अभिशप्त हो जायेंगे

तुम्हारी गरजती ललकारों का सूर्यास्त
उस पतन का सूचक होगा
जिसमें ग्लानि के अभियन्ता केवल तुम बनोगे

हे पार्थ,
कठिन है सर्वथा
अपने ही अहंकार को नष्ट करना
और भी कठिन है उससे धर्मयुद्ध जीतना
सरल है कुन्ती पुत्र अर्जुन होना
पर कठिन है

उसी गर्भ से कर्ण होकर जन्म लेना

सरल है
अनैतिक सर्वनाश पर मुग्ध होना
लालसा के लाक्षागृह में एक संकोची कमल खिलाना

और उससे भी सरल है
हर युग के अभिमन्यु के लिए चक्रव्यूह की रचना करना

युगों के दीर्घ–स्वरों में
अब युधिष्ठिर सीख चुके हैं अमर्यादित होना
भूल चुके हैं उस झूठ पर नेत्र झुकाना
जिस झूठ पर धर्मयुद्ध का सारांश लिखा गया

जो युग–पुरुषों की जिह्वा पर
अपने पुण्यों की विजय–गाथा कहता रहा

भेस बदल चुके अर्जुन के सारथी
और युद्ध हो चुके बिन हथियारों के

लेकिन आज भी प्रलय के बाद बचे मानव और मानवता श्रापित है
और शायद तब तक श्रापित रहेंगे
जब तक कोई एक प्रश्न अस्तित्व से ऊपर नहीं उठ जाता

जब तक
दुर्योधन अपनी जंघाओं के
वज्र होने के तिलिस्म को त्याग नहीं देता

निश्चित है
कोई युद्ध कभी समाप्त नहीं होता

न शीतल हो पाते हैं कुछ रक्त
और न भूले जाते हैं कुछ अपमान

देव गन्ध का अनुसरण करते हैं
त्याग करते हैं प्रायोजित अशुद्धियाँ
किसी गर्भ में हुई हलचल का उन्हें भान होता है
भान होता है उस वीर्य का भी
जो स्निग्धता खो चुका होता है

हर जन्म यहाँ एक उत्सव है
और मृत्यु एक संस्कार

हे पार्थ,
उठो अपने आचरण में
यदि लक्ष्य–सन्धान को आतुर हो

किसी असन्तुलित योजना के बल पर
कोई दुर्ग नहीं टिकता है
न ध्वस्त होते हैं
मृत्यु तक पहुँचाने वाले विष–बाण

करना है विद्रोह
तो त्याग दो कवच अपनी अस्थियों पर से
त्याग दो अपने प्रेम पात्रों की स्तुतियाँ
और
त्याग दो युद्ध के मध्य यह कहना

कि मारा गया अश्वत्थामा।

85

मैं जब भी सोचता हूँ
उसी आदम चेतना से सोचता हूँ
जिसमें लहू का एक क़तरा भी
अपनी दाढ़ी नहीं खुजाता

पैरों के नीचे की ज़मीन सरकती है
तो सरकने दो
ये गर्म ख़ून की बूँदों का उफ़ान है
और मेरी आदत का पिंजरा भरा है

मैं आदमी की जात हूँ
यही जताना चाहता हूँ
मैं एक काग़ज़ हूँ
बेतरतीब हूँ अपनी जेबों की तरह

मैं ख़ाली हूँ अपने जूतों में
कड़वे संघर्षों की तरह
एक तरसा हुआ जलसा हूँ
भड़की हुई आग हूँ
मसान की दहकती दुर्गन्ध
तपते जून की पीली घास हूँ

मेरे कोष्ठकों में बन्द है

शंकराचार्य के आसन में भूलवश आया अहं
मेरी माया में बेचैनी है सुलगती

मैं त्रस्त हूँ उस प्यास के लिए
जिसके खाँचों में अनेक तस्वीरें बन्द हैं

मैं त्रस्त हूँ उस तस्वीर का
जिसको पी सकूँ घूँट–घूँट

मैं आदम हूँ
मैं आदमी हूँ
मैं आदम की जात हूँ
यही जताना चाहता हूँ

मैं जब भी सोचता हूँ
उसी आदम चेतना से सोचता हूँ

86

नदी ऐसे समाती है तर्पण की बूँदें
जैसे मेघ की काया तैरती है
जल के थार पर

कोई पुण्य लौट आता है हृदय पर
धीरे–धीरे
संकोच में
कौओं की चोंच में दबा

मछलियों की आँखों में धूप का युग
स्वीकार करता है
कि डूबने की हरकत इस क़दर छूती है पानी के कन्धों को
जैसे उठता है धुआँ किसी अतृप्त स्त्री के माथे से

87

तुम मेरे बारे में धैर्य बरतना
मैं आपाद मस्तक एक सूर्य हूँ

88

उम्र से ऊबे लड़के
नहीं जान पाते अपना आकर्षण
न देख पाते अपनी प्रेयसी को
उनके प्रेम में डूबी घुटनों तक

वे नहीं जान पाते कि उनकी उम्र का भरना
पिता बनना है उनके लिए

अलसभोर में अँगड़ाई लेते शहतूती लड़के
जब देखते हैं अपने जीवन का
प्रथम जज़्बाती स्वप्न
तो नहीं देख पाते ख़ुद को
उस अग्नि में तपता
जिसमें से उनके साथ लौटता है
उनका बचपन
उनकी छाती के बालों के साथ उगता

प्रेम, स्वप्न और लॉटरी से हारे कुछ लड़के
रेल की पटरियों पर सुनते हैं
जीवन के उल्लास का आनन्द
एक ग़रीब–सी धुन

और मान लेते हैं उसे

अपनी आत्मा की आवाज़

पटरी पर रख सिक्के को चपटा कर
उनसे दुआ माँगने की नेक सलाह पर
अमल करते हैं गेंदे के फूलों से पूज कर उन्हें
जब वो सोते हैं
रात के दूसरे पहर की पक्की नींद में
तो कसम से
शैदाई लगते हैं

ख़ुद के चारों ओर काँच की दीवार बनाये लड़के
नहीं जानते कि सबसे सरल है
उनके भीतर देखना
कि मन टटोलने के लिए
ज़रूरी पारदर्शिता तो ख़ुद ही बनायी है उन्होंने

उपेक्षा की तलवार पर छलनी हुए लड़के
खुल कर हँसना छोड़ जब कोशिश करते हैं
शून्य में देखने की
तो उनके धैर्य में होती है
एक सन्तुलित क्रान्ति

लड़के फिर भी कभी अकेले नहीं होते
और जो होते हैं
वे जानते हैं सपनों को जीना
उनके पूरे होने की अनिवार्यता में
वे कभी मरते नहीं

न पहनते हैं दस्ताने किसी सपने को मारने के लिए

89

क्रिया की जिस सुलभ भाषा में
उँगलियाँ नाभि कमल की आभा में डूबी
तुम्हारे नाम का उच्चारण करने लगतीं
तो कृष्ण और बाँसुरी
अद्वैत धर्म का पालन करने लगते

इतना भी सरल नहीं होता
कि गीले मन से
किसी की स्मृति के साथ पूर्ण नींद ली जा सके

90

शब्द होकर थी मैं एक लिपि
अनुकूल
कवियों की कविताओं के लिए

बिखरी, सिमटी फिर बिखरी
जब–जब तारों के क्षितिज को देखा कवियों ने
तब भी जब पहाड़ देखे उन्होंने
और जितनी बार लिखी काग़ज़ पर कच्ची कविता

यात्रा बनी
यात्रा के मध्य आने वाली आँधी बनी
वृक्ष और गीत बनी मोहित
कन्दफूल, बुद्ध की देशनाएँ और यक्ष की कहानी बनी

धूल जो आँखों में अबूझ भाषा का लघुतम कण थी
रात जो सुनियोजित घटना थी
नृत्य कीचड से सना
और केश नाभि–धरा को छूते

शब्द बनी मैं
आकाश में टँगा हुआ

मिट्टी का ईश्वर होकर श्रृंगार का वात्सल्य

और वात्सल्य में कवि का प्रेमी हो जाना
कितना अन्तर है दोनों में?
नहीं, नहीं है कोई अन्तर

फिर होने दो शब्दों की क्रीड़ा
और होने दो हृदय को आकाश
रहने दो ऋतुओं को अनसुने झोंकों की तरह
और होने दो मुझे एक लिपि

91

बेटियाँ अपने दुखों को
रोज़ झुलसती दुपहरों के हवाले कर आती हैं
उन्हें धुले कपड़ों के साथ सलीके से सुखाती हैं

दुख के छन्द छतों पर मन्द–मन्द दोहराती हैं
छत से गली का सबसे आख़िरी घर देखती हैं
जैसे कोई ख़ुशी का अज्ञात पुर्ज़ा
हवा में उड़ता वहाँ से आयेगा

और वे भी उड़ जायेंगी एक अनजान नाम के साथ

बेटियाँ अपने दुखों को रोज़ माँजती हैं
जैसे बर्तनों से छुड़ाया जाता है जलने का निशान

और लोग कहते हैं
वे कविताएँ बहुत अच्छी लिखती हैं
उनकी नज़रों में इल्म भरा होता है शरबत जैसा

और रात के तीसरे पहर
वे अपने उस मकान पर उदास बैठी दिखायी देती हैं
जो ज़मीन से तीन हज़ार फुट ऊँचा है

लेकिन उनकी माँएँ

इस तीसरे पहर
अपनी सबसे सुन्दर नींद में होती हैं

चौथे पहर बेटियाँ फिर कविताओं में बदल जाती हैं

92

नींद
सबसे कामुक पल है
प्रेमी को चूमने का

और सबसे कोमल समय है
उसके अधउगे सपनों को हौसला देने का

93

यह तय था
कि मेरी सम्पदा हमेशा एक रहस्य ओढ़ कर रखेगी
उस पर तितलियाँ मँडरायेंगी
खरगोश अपनी करुणा से उसकी रखवाली करेंगे
हिरन और बत्तखों की वो एक आरामगाह होगी

प्रेम में संकोच के विचार को मैंने उस आनन्द से ग्रहण किया
जैसे आजकल तुम कच्चे खजूर खाते हो

वह मानवीय आपदा पर आयी
एक चिनगारी की तरह
जो मुझे मेरे मिथकों से अलग कर जाता है।
ऐसे मैंने कई बार ख़ुद को ख़ुद से अलग होते देखा है

रूमी कहते हैं
"मैं तुम्हारे कानों में कुछ शब्द कहूँगा
तुम 'हाँ' कहना
और ख़ामोश रहना"

मैंने कभी नहीं सुने वो कहे गये शब्द
लेकिन यह भी
कि निस्सीम उदासी के क्षणों में मैं ख़ामोश रही
उतनी ख़ामोश कि मैं दो रहस्यों के मध्य एक पुल बन गयी

प्रेम के सबसे भावुक क्षणों में
जब हम सुख खोज रहे थे एक–दूसरे में
उस समय हम अपनी आवाज़ें खो रहे थे
और बेच रहे थे
अपनी आत्माओं की परछाइयों पर चिपके तर्कों और यातनाओं के कागज़

सब बस नाम का था
तुम
मैं
और
तितलियाँ बर्फ़ पर जम चुकी थीं

94

मुझे प्यास थी
मैं निर्वात बढ़ रही थी तुम्हारी नमी में
मेरा कौमार्य बीथोवन के संगीत पर
पारदर्शी नृत्य करता था

उसी समय तुमने थोड़ी नींद ली
और तब हम जान लिए गये
अपने–अपने इतिहास से

95

कितना अन्तर होता है
आर्द्र अम्बर की ज्योत्स्ना
और टूटे सितारे की अन्तिम दृष्टि में?

हृदय प्रेम के धवल घर्षण की
सूक्ष्मतम ध्वनि भी हो जाता
तो भी कभी न सुन पाता
मेरे उन्मुक्त वक्षों पर निद्रालीन तितली का स्वप्न स्वर।

रात्रि किसी पहर
मेरी रखवाली करती तुम्हारी प्रेतछाया
सड़क का हर शोर
सलीके से छुपा लेती है अपने जनेऊ के पास।

और मसहरी किनारे रखा
पानी से भरा ताँबे का लोटा
दो तैरती रूहों की हलकी–सी हलचल से जब जाग जाता
तो ऊँघते हुए भींच लेता आँखें।

मैं खाते हुए गुलकन्द का पान
इलायची रख देती थी तुम्हारी कत्थई जिह्वा पर।

यही संकेत था
जनेऊ और मेरी चाँदी के कमरबन्द की उलझन का।

96

एक रेगिस्तान था
रेगिस्तान में एक पेड़
पेड़ ने अपनी जड़ों को आसमान तक फैलाया पर पेड़ की जड़ें सूख गयीं

उन सूखी जड़ों में स्त्रियाँ आकार लेने लगीं

स्त्रियों की गन्ध पाकर
एक पैगम्बर ने प्रार्थना लिखी
और हर स्त्री को यह कह कर दी
कि इसे उस पुरुष की आँखों को सुनाना
जो अपनी कल्पनाओं से स्मृतियाँ बना सकता हो

इस तरह
हर स्त्री ने हर पुरुष को पैगम्बर की प्रार्थना सुनायी
और हर पुरुष ने हर स्त्री के होंठों को चूमा

और पैगम्बर
वह अब तक मुस्कुरा रहा है

97

समझ सकती हूँ डेंडलायन का दुख
अपने एक ग्राम से भी हलके रेशों को उड़ते देख
उसकी आँखों में उगता है एक सितारा

समझ सकती हूँ
अलग–अलग नस्ल की बिल्लियों का दुख
कि सीखते ही शिकार
उनके नन्हे पंजों वाले बच्चे उगा जाते हैं बिल्लियों की आँख में एक सितारा

एशिया, यूरोप और मिडिल ईस्ट के शहरों की गुम्बदों पर जितनी भी चिड़ियाँ झुण्डों में बैठी होती हैं
उन सबकी आँखों में होता है एक–एक सितारा

क्या दुनिया इन्हीं आँखों के बन्द होने और खुलने पर सोती–जागती है
क्या दुनिया की सब आँखों में दुख इसी तरह एक सितारा उगाता है

और
समझ सकती हूँ अपना दुख भी
जब भी लिखती हूँ कविता
और लिखने के बाद चली जाती है वह
समुद्र–पार

तब
मेरी भी आँख में उग आता है एक सितारा

98

मेरी तीसरे पहर की बातें उतनी ही बंजर हैं जितने ख़ानाबदोश तुम्हारे कहे आख़िरी शब्द

अलविदा कहना बस इतना ही आसान था

99

स्मृतियों का एक पूरा जंगल उग आया है मुझमें
एकदम ताज़ा
और उतनी ही हलचल भरा
जितना कोई निराश प्रेमी हो सकता है
अपने एकान्त के क्षणों में

जितने मूर्त हो सकते हैं परजीवी मृत त्वचा पर
और जितने अमूर्त हो सकते हैं वैलेंटाइन्स डे के हमारे प्रगाढ़ चुम्बन

एक आदमक़द आईने में एक बार ख़ुद को देखा था बहुत ग़ौर से
देखते–देखते मालूम हुआ कि मुझमें सीढ़ियाँ हैं बहुत से दुखों की
जिनके दैत्य मुझे न कोई सान्त्वना देते हैं
न चाँदनी की शीतल चाशनी

इसलिए मैं डूबती जाती हूँ
अपनी उत्तेजना के कवच में

ठण्डी होती जाती हूँ
बर्फ़ के फूल की तरह

मेरे जिस्म पर उगी आँख भी
स्वप्न में ख़ून बहाती है
और वो जम जाता है मेरी गर्म मुट्ठियों में

मेरा स्वप्ननायक मार्क्स की विचारधारा में औंधे मुँह गिर कर लहूलुहान है
किसी प्राचीन लड़ाई का अन्त वह टुकड़ों में करना चाहता है
बुद्धं शरणं गच्छामि के खण्डहरों में भटकते हुए

एक पल रुक कर मैं देखती हूँ
उसी आदमक़द आईने में
जब लांग वॉक हॉक स्ट्रीट पर पहली बार
अचानक और बेपरवाह हुए
मेरी सहमी पीठ पर
तुम्हारे हाथों की कम्पन ने मेरी आत्मा को बेतरतीब किया था

उस कम्पन की आँखें अभी तक नहीं झपकी हैं

100

हवा में बहती
एक गन्ध
जो स्थगित कर देती हैं तुम्हारी निर्वसन स्मृतियाँ

कि तभी अचानक याद आ जाता है मुझे
हमारा प्रथम सहमा और सकुचाया संवाद
और उस संवाद के बीच में किसी और स्मृति का आ जाना

स्मृति में वह हाईवे भी आता है
जिस पर भूलवश मेरी गाड़ी का स्टीयरिंग घूम गया था
स्मृति का यह टुकड़ा तुम्हारे शहर के साथ चलते
रेत के टीलों से अभिन्न प्रेम रखता है

अस्थिर स्मृतियों में तुम्हें देखने से कब रोक पायी मैं ख़ुद को

मोरक्कन चाय पीते हुए
जब तुम सुनते थे जॉर्ज माइकल के गीत
उस समय मैं स्मृतियों में
नीले आकाश में ख़ालीपन को ढूँढ़ रही होती थी

और तुम्हारी मेरी नाभि छूने के अविरल संकेत पर
मैंने बुन ली थी मन में एक टूटी–सी कविता

स्मृतियों की सृष्टि कितनी सघन होती है

कि दृष्टि और दृश्य में मेरे केश अब तक खुले हुए हैं रागों से

अनन्त अन्धकार में
मैंने एक दिन बाँध दी थीं सब स्मृतियाँ
अपनी बिल्लियों के गले में

अब मैं एक हवा हूँ
किसी भी अर्थ में ध्वनि नहीं मेघों की

101

मन जन्मों के कितने चौराहों पर भटकता है। उनसे मृत्युगन्ध इकट्ठी कर शिशुओं को गढ़ता है। इस लिहाज़ से ईश्वर मेरे लिए कभी लोरी नहीं गुनगुना पाया।

मैंने गर्भ के ताप से धुआँ बनाया कि ख़ुद को बेदख़ल कर सकूँ इस संसार से और किसी की आँख में मेरा चेहरा कभी न बने एक ठहरी हुई आकृति।

मैं जब भी प्रेम के प्रतीकों पर आकर रुकी तो किसी आवाज़ ने हर बार मेरे पैरों को ऐसी भाषा में बाँधने का यत्न किया जिसे मैं कभी समझ नहीं सकी।

मेरी रूह मेरी कामनाओं के फूल बन दिन में खिल जाती है और रात आते–आते ख़ुद में बुनी धूप को चुपके से निकल जाने देती है।

मैं देखती हूँ दुनिया का हर शख़्श मेरे आर–पार निकल जाता है और मैं, बस अपनी पोशाक झाड़ देती हूँ।

102

ऐसे तो कई बार हुआ कि किसी ख़ास वक़्त पर किसी ख़ास रंग ने मेरी हथेलियों को चूमने का आग्रह किया। और तब भी जब भीम बैठका की गुफाएँ देखते हुए मैं ख़ुद अपनी ही तनहाई पर लज्जित हो रही थी।

हाथ थामना कभी प्रेम का मात्र संकेत नहीं हो सकता उस छुअन में दर्द से गहराती एक पूरी दुपहर भी हो सकती है।
कि हथेलियाँ समझती हैं प्रार्थनाएँ उधार ली अमानत होती हैं।

और भीम बैठका की गुफाओं में एक वृक्ष ऐसा भी था जिसके आसपास एक भी चिड़िया नहीं थी।

सोचती हूँ कहाँ चली जाती हैं चिड़ियाँ अपने मुल्क को छोड़ कर।

103

प्रेम सर्प है एक तरह से। किसी अदृश्य लय का पीछा करते ऐसे रेंगता है देह पर जैसे रक्त चुनता है देह के भीतर अपने स्पन्दनों के शुभ्र सौन्दर्य।

प्रेम तुम्हें तब सबसे अधिक सहलाता है जब वह वहाँ केन्द्रित नहीं होता।

यह निहायत सरलतम संयोजन है जीवन का।

104

मैंने भीड़ को दो तरह से देखा। एक अपने क़द से ऊँचा उठ कर और दूसरा अपनी हैसियत त्याग कर।

मुझे आश्चर्य हुआ ये देख कर कि मनुष्य सर से पाँव तक एक ही तरह का गुरूर रखता है।

105

मैं क़ैद हो रही थी

इस क़ैद ने मुझे अपने जीवन के मूल्यवान नये और बेमक़सद पुराने फ़ैसलों से ऊँचा उठना सिखा दिया था। धुन फिर भी धुन थी। उसमें समुद्र के पानी–सी लहर और बेपरवाही थी। उसके ऊँचा उठने पर मेरे हृदय में पीड़ा की असहनीय प्रसन्नता बिना रोक–टोक तैरती थी। हर प्रेम गीत अपनी आत्मा के छोटे टुकड़े मुझे प्रेम की लम्बी यात्रा करने के लिए देता था।
मैंने अब गीत गुनगुनाना ऐसे सीख लिया था जैसे प्यास उतरती है गले से और जंगलों में नंगे पाँव दौड़ना भी।

मैं देख रही थी कि प्रेम की एक धुन धीरे–धीरे मेरी बाँह जकड़ रही है।

यह स्वप्न होता तो ठीक था लेकिन मुलाक़ातें वाक़ई एक लकीर खींच देती हैं दो लोगों के मध्य।

106

दृश्य मुझे देखता है

मेरी ग़लतियों को सर्द आह से भरने की उसकी कोई इच्छा नहीं। दृश्य मेरे पास से जब गुज़रता है तो मैं भय से भर जाती हूँ। जैसे किसी कमज़ोर ह्रदय वाले इन्सान के सामने से तेज़ रफ़्तार रेल गुज़रती है।

अचानक मेरी इच्छा होती है कि मेरे हाथ–पाँव और आँखें भी मुझसे बदला लें, घृणा करें मुझसे और तब मैं उन विश्वासों से ऊपर उठ जाना चाहती हूँ जिन्हें मेरे माँ–पिता और मेरे बुजुर्गों ने मेरे जन्म के समय मुझे दिये।

मैं कुछ नहीं ले सकी उनसे और सालों बीत जाने पर भी बिल्लियाँ ही समझ पाती हैं मेरी भाषा।

107

हर रात के अपने नक्षत्र होते हैं
उस रात की गणना में तुम्हारा स्पर्श तुम्हारी विदूषक आँखों के रिसते हुए प्रेम का सौभाग्य था जैसे प्रसव की गन्ध भावुक प्रेमियों के मन में एक झील तराशती है। वेदनाओं के सिरे इतने अँधेरे थे कि हमारी उँगलियों से पलायन कर रहा था देह का ज्वर।

उस रात तुम्हारा स्पर्श संगीत था, तुम्हारी विवर्ण आभा का। अलसाये मौसम में शिथिल काया अनायास उग आयी इच्छाओं की प्रतिध्वनि बन रसनाओं के नृत्य की ताल पर अपने बोध को लाँघ रही थी।

मैं कितनी अधीर थी जिस्म में एक लहर के उठने के लिए और बढ़ते देख रही थी सम्भोग की पारदर्शी मछलियों को, जो बिस्तर पर हर जगह फैली थीं।
मृत!

108

जिस तरह बृहद् आकाश की लक्षणा चूमती है
समुद्र की नमक से पोषित नाभि को। तुम इसी तरह से मेरे अन्तिम
अश्रु चूमना। इसी तरह से सोख लेना मेरे रक्त पुष्पों को।

मुझ पर यक़ीन करो
एक पाप क्षम्य होगा तुम्हारी बोधिसत्व पशुता को।

109

आपकी कई तरह की दुविधाएँ हो सकती हैं। मसलन, जीवन से जुड़ा हर भौतिक संस्कार और यहाँ तक कि नैतिकता के नैसर्गिक सिद्धान्त पर भी आप दुविधा को अनुशासन में पाल सकते हैं।

आपके पास हर समय बहुत से प्रश्न भी हो सकते हैं जिनका उत्तर आप चाह कर भी किसी एक भी उदारता के हवाले नहीं कर सकते।

फिर एक दिन जब सारे हिसाबों से आप अपनी मुक्ति लेना चाहेंगे तो आप पायेंगे कि आपके पास टकराव और दुहराव को आख़िर कुछ था ही नहीं

और सच मानिए ये एक नयी दुविधा होगी आपके लिए।
एक मुस्कुराहट आपको व्यंग्य में हमेशा ताकती रहती है, आप इस ध्वनि के अभ्यस्त नहीं होते!

110

स्त्री का मन एक बाँसुरी होता है। उसे ताज़ी हरी घास के खुले मैदान और पहाड़ी धुनों को अनगढ़ता से गाता हुआ एक चरवाहा चाहिए होता है। यह एक मासूम बन्दिश है जिसके किनारों पर स्त्री अपने लिबास को सँभालती हुई चलती है।

उत्तेजनाओं के जिस आक्रोश पर पैर रखने से बचती है उसी को अपनी नाजुक हथेलियों पर किसी गुनाह की हिना की तरह सजा भी लेती है।

111

मुझसे कहा गया "धर्म पर विश्वास रखो"
मैंने पूजा–पाठ त्याग दिये
और छोटे पौधे रोपने लगी जगह–जगह

मुझे नास्तिकों की मित्रता से दूरी के संकेत दिये गये
मैंने दार्शनिकों की किताबों से अपना कमरा भर लिया
और बिल्लियाँ पालने लगी

जो लोग दुविधा में जीते रहे
पुरुष में स्त्री और स्त्री में पुरुष को महसूस करते हुए
वे मुझे मौलिक और सैद्धान्तिक नागरिक लगे देश के
जबकि मैं रात को सोते समय
अक्सर अपने ही अस्तित्व से डर जाया करती थी

मैं स्त्री हूँ
यह बात कई अलग–अलग अवसरों पर पता चली मुझे

लेकिन एक दिन
मैंने आँखों में चुभती
हिंसक, क्षुद्र और अनैच्छिक चुप्पियाँ तोड़ दीं
छोड़ दिये अख़बार पढ़ना
और इस बात पर भरोसा करना
कि प्रेम केवल हृदय में होता है

ऊब की कुंजियों में नहीं

अब मेरे पास बहुत विकल्प हैं
केवल एक विकल्प त्याग दिया है मैंने
स्त्री होना

112

तुम्हारे दक्ष हाथ
जब मेरी परिपक्व देह में
स्त्री खोज रहे थे
तो यह मेरी प्रीति के कई जन्मों की यात्रा थी

मैंने पहचाना तुम्हारा स्पर्श
तुम्हारी गति
तुम्हारा दबाव
तुम्हारी लय

हमारी मृदुल स्मृतियों में मैं एक भावपूर्ण नृत्यांगना थी
और
एक उपासक भी
उस पहाड़ की
जिस पर देवी का मन्दिर था
प्रसाद रूप में अर्पित किये गेंदा–पुष्पों और सिन्दूर से मेरी आस्था कभी नहीं जुड़ी

मेरी आस्था थी देवी की नीली रहस्यमयी जीभ में
मेरी आस्था थी उसकी फैली बड़ी लाल जालों से भरी आँखों में
और
उसके क्रोधित सौन्दर्य में उठे पैर की विनाशक आभा में

महिषासुर
बलशाली भुजाओं वाला महिषासुर वहाँ अपनी अन्तिम निद्रा में था

इस दृश्य का भय
केवल तुम जानते थे
और मेरी आस्थाओं को भी केवल तुम देख पाते थे

तब भी तुम्हारे हाथ दक्ष थे
पतंग उड़ाने में
बेर तोड़ने में
संतरे छीलने में
और
प्रथम रक्तस्राव की असहनीय पीड़ा से बहे मेरे आँसू पोंछने में

आज भी तुम्हारे हाथ दक्ष हैं
मुझमें एक स्त्री खोजने में

(निर्मल वर्मा के उपन्यास 'लाल टीन की छत' की काया के लिए)

113

कई बार जमीर इतना ज़िद्दी हो जाता है
जैसे किसी पुरानी इमारत की सीढ़ियाँ
और आख़िरी सीढ़ी तक पहुँचते हुए
हम अपने भीतर से
कई आवाज़ों को बेदख़ल कर देते हैं
बातचीत के टुकड़ों में षड्यन्त्र की उबकाई
और कोहराम करती किसी तीसरी दुनिया की रोशनी
धीमी गति से हमारे क़रीब आने लगती है
लेकिन हमेशा मृत
उतनी मृत जैसे मेरी कॉफ़ी का ख़ाली मग
बुझी सिगरेट की बची राख
और जिस्म को घायल करती प्रेम की क्रूरता
मुझे पागलपन की हद तक हँसी आ जाती है
आत्मा के जिस्म को क्षुद्रता से तबाह करने वालों पर
उन लोगों पर भी
जो जीवन के दुखों को प्रेम नहीं कर पाते
हार जाना चाहते हैं उसे जुए में
और त्याग नहीं पाते
अपने ऐतिहासिक प्रेमी
सीलन भरी माँएँ
और बर्फ़ हो चुके पिताओं को

स्वप्न जब भी टूटते हैं नींद में
हम बेदख़ल हो जाते हैं अपने समीकरणों से
मात्र घटना बन जाते हैं अतीत की
और यह भी
कि कभी–कभी कोई घाव
हमें जगाये रखे सदा के लिए
कि रोना रोशनी बन जाये
और रोशनी गुमराह कर दे हमें
मरियम के पीछे
चुपचाप चलने की ग्लानि को
हम कह सकें सच्ची विदा

114

किसी दिन कोई खण्डित कविता की रात्रि
अपनी अपेक्षाओं पर से मुझे ख़ारिज कर देगी
उस दिन
मैं फिर बन जाऊँगी एक तितली
बैठी रहूँगी उस वृक्ष पर
जिसकी शाखें तुम्हारी खिड़की तक
एक पुल है शरारती गिलहरियों का

फिर पार करूँगी मैं
अद्वैत की सीमा–रेखा

115

संगीता गुंदेचा के लिए

जैसे दो बिन्दु
अपने–अपने सौरमण्डल में हों
जिनके अनावृत्त होने पर पुरुष मिथ्या त्याग देता हो
उनकी सघन रचना में काम आभा
एक सुरम्य चन्द्रमा की सबसे छोटी हँसी हो

पौष की मध्यरात्रि के आवरण में
तुलसी के कुनमुनाए ज़र्द पत्तों को जिह्वा पर रखते हुए
हरे प्रकाश की विष धार ग्रहण करके
वह सो गयी
अपनी रजस्वला निद्रा में

वह आधी गीली थी अपने तराशे संयम में
और शिल्प–विन्यास में सर्पणी
या फिर नग्न उदासी की एक बे–शिनाख़्त भाषा

कहती थी प्रेमी एक सन्त होता है
जो अधूरी बातों में वास्तविकताएँ गढ़ता है
हृदय की अतल गहनता में
स्पर्श के साँसों के बीज बोता है
वह प्रेम नहीं करता

बल्कि देह के भूखण्डों पर असीम निराशा के गीत लिखता है

नीली औरत ने उसी समय
अपने केशों से रोशनी के पूर्वजों को स्वतन्त्र किया
और जल में रजस्वला रक्त के साथ अपना तीक्ष्ण अहं भी बहा दिया

ठीक सुबह चार बजकर बत्तीस मिनट पर
उसके हृदय में एक फूल खिला

116

कामना भी एक व्यर्थ का फूल है

जहाँ–जहाँ पिता के चिह्न होते हैं
वहाँ–वहाँ फूल अपने मैदान खो देता है

117

सुख
मन था जल के प्रवाह का
निःस्वार्थ निकल गया हाथों से

दुख
नीर था अर्जित सुख का
ठहरा रहा वेदना में

मैं रंग बदलती रही बुद्ध की परछाइयों के
वो परछाईं बना रहा उसके मार्गों की

118

मैंने कई बार ऊँचाई चुनी
लेकिन भय नहीं
मैंने ऊँचाई से गिरना जब तक नहीं चुना
मेरे आसपास सब कुछ उदासीन रहा

अब मुझे सान्त्वना और घृणा में से
कोई एक चीज़ मिलनी थी
और जैसे ही
मेरे भीतर चल रहे अन्तर्विरोध ने सान्त्वना का बहिष्कार किया
मुझे लोगों के बोले जा रहे सफ़ेद झूठों पर मुस्कुराना आ गया

119

उदास प्रेमिकाओं ने तलाश की
सबसे नीरस आँखों की।
वो कई चेहरों में बार–बार खण्डित हो रही थीं।
उनका प्रेम सन्दिग्ध था।
उन्होंने प्रेम किया भिक्षुणी की तरह।
वे जानती थीं जल की काया पर चलना।
उन्हें चूमने वाला पुरुष हवा समान था।

और वे त्याग चुकी थीं
अपना धर्म और देह प्रथम आलिंगन में!

120

कभी–कभी बेवजह ही तुमसे बात करने को मन नहीं करता
उस समय मैं जून की आँधियों के किनारे
अपने सीमान्त तलाश रही होती हूँ

रोना चाहती हूँ
पर रोती नहीं

पुराने अपमान मैंने अपने हीरों जड़े कान की बुन्दों के साथ
सुनार से कह गला लिए थे
और देखो एक नयी परत चढ़ आयी है मुझ पर
जो छूने भर से भुरभुरायेगी नहीं

तुम्हारी अनुपस्थिति में मैंने बेला टार की वही फ़िल्म दुबारा देख ली
जिसकी नायिका हम दोनों को बेहद कामुक लगी थी
जिसके कन्धे और चेहरा
मज़बूती से अपनी थकान, क्रोध और कामुकता को थामे हुए था

मैं ठीक उसी तरह दरवाज़ा रोक कर खड़ी हूँ
जैसे कोई आधा हुआ काम पूरा होना चाहता है
इसे तुम्हारी प्रतीक्षा कहूँ
या अपनी विदा

तय करना आसान नहीं

मैंने सुना है कि कई पक्षियों की ज़बानें लाल रंग की भी होती हैं
और कई फूल अपने कोष के भीतर ज़हर भर कर रखते हैं
जीवन आत्महत्या के ठीक पहले के कुछ क्षणों में
किसी वेग की तरह महसूस होता है
जैसे सन्तरे के रस से आत्मा भीग गयी हो

तय करना कुछ भी कभी भी आसान नहीं

तुमने जिस दिन से मुझे लोगों से छुपाना शुरू किया
मैं तब से तुम्हारी सुनायी कहानी 'थ्री लिटिल फ़्लावर्स' के नशे में
गुम हो गयी हूँ

और कहानियों में मुस्कुराने का अर्थ है
कि हक़ीक़त का कोई शीशा कभी नहीं टूटेगा

121

तुम साल–दर–साल बढ़ते जा रहे हो
और मेरे पास हैरानियों के लिए ज़रा भी समय नहीं
पहले तुम्हें उँगलियों पर गिनना आसान था
एक
दो
सात
बारह

अब तुम्हारे अन्तर्मुखी कलाकार को
साल्सा नृत्य के कुछ स्टेप्स इतने पसन्द आ गये हैं
कि मुझे बिना वस्त्रों की एक ख़ामोशी बन जाना पड़ता है
ताकि मैं एक इंच क़दम भी तुमसे अलग न हो सकूँ

ताकि मैं नृत्य में अपना एक मुहावरा गढ़ सकूँ

और तुम डूब सको हर बार के अभ्यास के साथ
तिरोहित होते हुए
सापेक्ष होने से बिलकुल बचते हुए

मेरी आत्मनिर्भर माँ ने एक साथ दो लड़कियों को जन्म दिया
और उसे इस बात का पता भी नहीं चला कभी

एक हमेशा दूर से मुस्कुराती रही

अदृश्य में उसके कोमल अंग साँस भरते रहे
उसने कई आश्रय तलाशे
कई नामों में तल्ख़ हुई
और आख़िर में एक कल्पना बन गयी

रंग और काई में लिपटी कल्पना

एक सन्तुलित और अस्तित्ववादी परिकल्पना
जिसके ऊपर अतीत और भविष्य के घर्षण के बादल
मधुमक्खियों समान हर समय मँडराते रहे

इसी बीच मुझे मालूम हुआ
हर अपराध क्षतिपूर्ति के आनन्द में डूबा है
हर विचारधारा पानी का एक चमकदार बुलबुला है

मुझे संज्ञाओं में प्रेम और एकेश्वरवाद से चिढ़ हो जाती है अक्सर
और तुम्हारी धूप है जो मुझे घेरती जा रही है

तुम्हें अपने गालों पर मेरे गुलाबी होंठों की आभा
किसी चट्टान जैसी मुक़म्मल लगती थी

होंठों पर चुम्बन मेरी करुणा का बीज है
एक परिपक्व करुणा
बिना शोरगुल की
ममत्व भरी

उम्र के साथ मेरे बाल अब घुँघराले होने लगे हैं
जिन्हें धूल की आँधियों में हँसी के साथ तालमेल बिठाना अब आ
गया है

तुमसे लम्बी बातों में अन्तराल चाहते हुए
मैं मार्केज़ की छोटी–सी मुस्कान देख लेती हूँ
जैसे टूटे हुए दृश्य हमेशा मेरे आसपास हों
हवा में तैरते

देखो
हमारे घर में लगी सेम की फली की बेल कितनी बढ़ गयी है
सब फलियाँ रात होने से पहले नर्म झटकों से तोड़ लेना

अब मुझे नींद आयी है
क्या मैं सो जाऊँ

122

हम फूलों से कहेंगे–मुस्कुराना
हम बच्चों से कहेंगे–मुस्कुराना
हम ख़ुद से भी कहेंगे–मुस्कुराना

कितनी बड़ी रिहाई चाहते हैं हम

123

जब छुपा लेती है स्त्री वेदना को
अपने चेहरे पर
और मुस्कुराती है सन्तरों की ख़ुशबू में
तब सूर्य हो जाता है
थोड़ा कम गर्म और उदार
और चन्द्रमा देर तक थामे रहता है ज्वार–भाटा

जब छुपा लेती है स्त्री प्रेम की पंखुड़ियाँ अपने हृदय में
और पीती है सिगरेट खिड़की पर खड़े हुए

तब शाम के बाज़ारों में रौनकें बढ़ जाती हैं
और कविताएँ लिखने वाले लोग
अल्पायु में मृत हो जाते हैं

जब पढ़ती है कोई स्त्री किसी आदमी की निगाहें बहुत पास से
और उतारती है छलावा उसके सीने से
तब उसके जा चुके पुरखे जमा हो जाते हैं उसके चारों तरफ़
और एक नयी भाषा में उसे सिखाते हैं प्रेम के जादू को बनाये रखने
के गुण

उसे सिखाते हैं कि कितना ज़रूरी है
रात को खाना पुदीने की नर्म और हरी पत्तियाँ
या सन्तरे की मीठी फलियाँ

और देखना स्वप्न में प्रेम करते अपने पुरुष को
अपनी किसी चाही अवस्था में।

कि एक रंग भी बदल सकता है प्रेम का प्रेम को
और तुम भी भस्म हो सकते हो
इस रंग में आते ही

प्रेम में तुम क्या नहीं सीखते छोड़ना
पाना
और
खोना

124

उस दिन बारिश हो रही थी।
और मौसम का सर्द आतंक बार–बार आनन्द की खरोंचें अपने संकोच और विस्मय से मामूली घटना में तब्दील हो रहा था।

उससे ठीक एक रात पहले उसने स्वप्न में जलती हुई मार्मलेड को छूना चाहा था। उसके रक्त पर आसक्त वह किसी वन की विषैली, खुद–ब–खुद पोषित होती बेल के सहारे चलते हुए कई आकृतियाँ एक के बाद एक उसके उत्सुक आकर्षण पर क़ब्र की सतह की तरह बनाने लगा।

"आँखें खोलो मार्मलेड"
उसने गर्म साँसों का संगीत मार्मलेड के गले के हलके से उभार पर ऐसे छोड़ा जैसे अभी किसी पूर्व स्मृति में रो देगा। यह प्रहार था उसका। निराशा से जन्मा प्रहार !
उसके प्रेम का अन्तिम और निर्मित खण्ड!

लेकिन मार्मलेड सदियों तक सोती रहीं। भविष्य की गणनाएँ ग़लत सिद्ध होती रहीं।

श्रेष्ठ प्रेमी मौसम के मोहताज़ होते हैं और उनकी अन्तर्मुखी आत्माएँ उन्हीं के हृदय पर दस्तक देती हैं जो प्रेम में दूरी पर एक–दूसरे की स्मृति में लगभग भग्न हो चुकी स्मृतियों के उत्सव मनाती हैं।

(एक ख़याल या ख़लिश ख़्वाबगाह में)

125

अभिव्यक्ति नपुंसक हो जाती है
रेंगते शब्दों के साथ
शब्दों की निर्वात अनुभूति दम तोड़ देती है
जब एक कविता
अपनी आख़िरी पंक्ति में अपने घर नहीं लौट पाती

126

स्त्री की काया में एक विष भी होता है
जो पुरुष उस विष को
अपने गर्भ में धारण कर लेना जान लेता है
वह ही सच्चे अर्थों में
प्रेमी होने की आध्यात्मिकता का निर्वाह कर पाता है

127

जहाँ जीवन और उसके विकल्प
उदास चेहरों की परिणिति में
किसी उल्लास की कामना करते मिलते हैं

जहाँ यह चाहा जाता है
कि ग़रीबी में किसी एक
केवल एक विकल्प की खोज कर ली जाये
जो भयावह अपमान की व्याकुल तत्परता को अपराध और मानुषिक पीड़ा से मुक्ति दिला दे

जहाँ बर्फ़ के फूलों में
ख़ामोशी के तसव्वुर अपनी चंचलता के साथ मीठे नग्मे गायें
और किसी अन्तहीन धुन का पीछा करते रहें

(नीना के लिए)
(हिनर सलीम द्वारा निर्देशित आर्मेनियाई फ़िल्म देखते हुए)

128

जिन बीजों को
मिट्टी में सबसे पहले बो दिया गया
उन्होंने मिट्टी के चरित्र का कायान्तरण किया उनमें सब्र पनपा
चुप्पी उगी
और नवीन कोपलों में प्रतीक्षा ने
अपने मृदुल गीत लिखे
हवा चली
बारिश आयी
मौसम बदले
धूप ने बीजों को हिदायत की नमी दी
बारिश ने उन्हें प्रेम किया
और मिट्टी ने अपने गर्भ को
नर्म मुहब्बत का सेंक देकर
संसार में आने से पहले एक आख़िरी बात कुछ इस तरह से कही

"बलात्कार के समय ईश्वर अपनी सबसे सुन्दर नींद में होता है और जागने पर अपना क्रोध बादलों से, पहाड़ों से गिराता है। तुम्हें समझना होगा कब ईश्वर को सज़ा देनी है और कब उसे ग्लानि में अकेला छोड़ देना है"

उसी समय कुछ बीजों ने स्वयं को नष्ट कर दिया।

129

जिस समय
वह अपनी काया की भाषा के भीतर
एक और भाषा की ऊष्मा खोज रही थी

स्त्री गुण
त्वरित लज्जा का व्याकरण त्याग रहे थे

विद्रोह
की
स्त्री

130

यह नहीं कि अब वे हताश थे
इससे पहले वे हँसी छुपाये व्यंग्य थे
यह भी नहीं
कि उन्हें शतरंज का खेल नहीं आता था
और जंगल ने
कभी उन पर शिकारी होने का इल्ज़ाम नहीं लगाया

फ़र्क़ यह था
अब वे ख़ुद लहूलुहान थे

131

मेरा प्रेम ही नहीं
मेरी मृत्यु भी मेरी कविताओं में दर्ज है
और इस बात पर मुस्कुराना
मैं जानती हूँ

132

वे संवाद नहीं माँगतीं
भिक्षा भी नहीं
न किसी जोड़–भाग में ख़ुद को शामिल ही करती हैं

यह ठीक वही समय है
जब पीड़ाओं से उतर आता है श्वेत सीमाहीन एक द्वार मस्तक पर

यही वह समय भी है
जब रवीन्द्र संगीत एक लिफ़ाफ़े में प्रेम–पत्र समान मुझे भेजा था तुमने

अपशकुनी कौए विस्मय नहीं करते
न गहराती और आवेग की अग्नि में तपी कोयलें ही शोक करती हैं

देखो, सब कितना शीतल है
द्वेष नहीं, न शाप
जल के विकार अपनी सतह पर जमे हैं
मिट्टी सर्द मौसम में ख़ामोशी से उदास प्रेमियों को ढँके हुए है
तीतर उसी समय जंगल से घर को लौटते हैं
कोई पगडण्डी ठीक इसी समय ठहर जाती है पुतलियों में
सूर्यबिम्ब ओझल हो जाने को आतुर
तितली मस्तक पर नृत्य–निद्रा करती है

सब आखेट है

कौन किसको कितनी हिंसा से प्रेम करता है
यह जानना हो तो एक मछली बनना होगा धैर्य की
धरना होगा अपने केशों में एक निश्चय
यह प्रेमियों की बात नहीं केवल
बुख़ार और रोशनी की बात है
जिस पर चलते हुए लोग देख लेते हैं मूर्च्छा में प्रार्थनारत पूर्वज

वे सोयी हैं
आक्षेप और मर्यादा के मध्य
उन्होंने त्याग दिया है अपना भार
प्रश्नों के किनारे
हरे मौन में

133

मांस मज्जा में
धीरे से तैरती है एक तितली
कुछ देर विश्राम करती है जंघा के पुष्ट स्वादिष्ठान चक्रों में

उँगलियों के पोरों से सोख लेती है समूचा जीवन विष के सत्यापन
को कहाँ टाल पाओगी तुम तितली

एक वृक्ष सदा आँखों में जल छुपाये रहता है
उसके मीठे फलों से वैसा ही आचरण करो
जैसा कोई मादा मछली करती है जल की रागिनियों से

जैसे दीप्तिमय लावा बिखरता है
अपने ठोस होने के प्रमाण को समन्दर में खोजने के लिए

रोक दो हवाओं को
उस ओर से
इस ओर से भी

कहाँ तुम्हारा हृदय है तुममें
कहाँ उसके भग्न हुए टुकड़े हैं

संकल्प में तीक्ष्ण पीड़ा है
पीड़ा में पीली बूँदें हैं करुणा की

क्या करूँगी घुटनों तक आये केशों का
ये प्रतीक्षा के साक्षी नहीं
ये नहीं पहचानते उस साँस को
जिसकी सीमा लाँघ जाती है मेरे दुख को

तितली
रह जाया करो मेरे पास
मेरा अनन्त बहुत छोटा टुकड़ा है समय का

ठहर जाया करो हृदय में अपने हलकेपन के साथ
जैसे बँटते हैं हृदय के सात रंग प्रेमियों में
जैसे बनता है कोई संकल्प हमारी स्वप्न लीला में
वैसे ही

कुछ देर रुक जाया करो
कि इसी उपस्थिति को मैंने माना है होना तुम्हारा

134

हमने आहिस्ता से भूलने की आदत को अपने कमरे में जन्म दिया
और उसे वहीं छोड़ दिया
उसी वर्ष हमने रोना भी शुरू किया
कि रोना एक भाग्यसूचक तिनका था
जिसकी आश्वस्ति थी हमें रोते हुए कई अगले वर्षों तक साथ ले जाने की

उसी कमरे में एक किताब थी
जिसमें हमारे परिवार के रहस्य अंकों की भाषा में लिखे हुए थे

हमारे बीच में एक अलमारी थी
अलमारी जो 'ओल्गा' की कहानी की अलमारी से मिलती थी
एक पर्दा था खिड़की पर
गला भर आने पर वह इतना चुप तैरता था हवा में
कि कभी लगता था उसके हाथ निकल आयेंगे अचानक

हमने सुना था उन्हीं दिनों जादू के बारे में
यह भी कि काली बिल्लियाँ रास्ता काटें तो लाल रूमाल रखना होगा रास्ते पर

फिर एक दिन
हम एक–दूसरे की हथेली पर अपना जीवन लिखते हुए सो गये

नींद से जागे तो हमने उन आँखों को ईमानदारी से उतार कर मेज़ों पर रख दिया
जिनमें कुछ लोग चले आये थे जिनसे हुए समझौते हमें याद नहीं रखने थे

(ओल्गा तोकारचुर्क पोलैण्ड की लेखिका हैं और 'अलमारी' उनकी लिखी एक प्रसिद्ध कहानी है।)

135

मन में तीन तक गिनती गिनते ही
एक घेरा बन जाता है। उस घेरे में हवा नृत्य करने लगती है। सड़क पर पड़े पत्ते बेमुराद हो जाते हैं और एक दिशा उनका पीछा करने लगती है। यह बेमक़सद की पीड़ा है और पत्ते उदास और कामुक स्त्रियों की तरह उसमें अपना आनन्द खोजने लगते हैं। पत्ते अब स्त्रियों में तब्दील हो गये और समूह में नृत्य कर रहे हैं।

नृत्य में ताल, गीत, संगीत और स्वर के साथ भंगिमायें भी शामिल हो रही हैं। स्त्रियों के होंठ अब हलके से खुल रहे हैं और उनमें से जिस्म की भाप निकल रही है। नृत्य करते वह हवा लड़खड़ाने लगती है। और पत्ते अपने पेट से पोस्त की फफूँद उगलने लगते हैं।

ऐसे में मैं तमाशाई दृश्य देखने का हुनर गढ़ लेती हूँ और तीन तक नहीं अब नौ तक गिनती गिनती हूँ।

136

और फिर सुदर्शन ग्रीवा पर उभरी उस नस को आलिंगन में लिया
जिस पर भद्र पुरुष की नज़र थी

चन्द्रमा वक्षों से वार्तालाप करता रहा
तारों के छिद्रों से चन्द्रमा की रोशनी
पुष्प योनि पर अपनी आस्था से सर झुकाती रही

अन्धकार के जल से सींचा पारिजात
वीराने में ख़ुद पर ओस ओढ़ लेता है
दूर तक कुछ सुनायी नहीं देता
कृष्ण–मन्दिर का स्वर नहीं
किशोरी ताई का आलाप नहीं
पास की कोई रिक्ति भी नहीं

हवा मन्द होती है
तो पौष के सूखे पत्ते सब भूल कर
अपने प्राण त्याग देते हैं
पर तीव्रता में जाने कहाँ से आक्रोश सर्प बन आता है

उसे घुलने दो मुझमें
अपनी जिह्वा के रस–तन्तुओं से प्रविष्ट कर दो मेरे रक्त में
अग्नि
जल

पृथ्वी
वायु
मिट्टी
और अनन्त लक्षणाओं के सान्निध्य से ग्रहण करने दो मुझे तुम्हें
मध्यरात्रि के संवाहक देव सहला जायेंगे
तुम्हारी निराशा
और वो स्याह चिह्न
जो रेंगते रहते हैं हम दोनों के बीच

137

मैं तुम्हें दोष नहीं दूँगी
कि आज मेरे कमरे में
जो घना अँधेरा साँप की तरह रेंग रहा है
उसका बोझ धीरे से
बहुत धीरे से और चुपचाप
तुम्हारे उज्ज्वल निश्चयों की प्रतिध्वनि बन गया

यह भी सच है कि
तुमने सरोवर में खिलते कमल देखे होंगे
और तभी से रंगों में सोना तुम्हारी आदत में आया होगा
मुमकिन यह भी है कि
तभी तुमने मेरी तरफ़ कभी न देखने के अनजान भ्रम को
बाज़ार में दुकानों में गिरा दिया होगा

फिर एक दिन
किसी आक्रामक सिहरन ने तुम्हें कहा होगा
नींद के साथ नींद सोती है
और परछाईं के पास परछाईं अपनी आवाज़ लिखती है

सूक्ष्म जीवों के पास कोई भेस नहीं होता
जैसे चरित्र बदल जाते हैं ध्वनि, प्रकाश और संवादों के मध्य
और देह तैरने देती है ख़ुद को कामोद्दीप्त यज्ञ में

मैं बहुत दिनों से इस असमंजस में हूँ
कि तुमसे कहूँ
ले जा सकते हो तुम मेरी सघन देह का प्रत्येक प्रतिमान
और अनेक प्रसंगों से पुता
जड़ हुआ अभिमान

छलकना अगर कोई सीखता
तो मैं कहती
तुम बेपरवाह और मीठे जल का एक ख़याल हो

मेरी त्वचा की उत्सुक और मोम में लिपटी उदासियाँ
क्या आ सकती हैं तुम्हारे किसी काम

138

एक जगह होती है
जहाँ सोया जा सके
जहाँ पर छोड़े जा सकें अधूरे काम और अधूरे वाक्य
जिन्हें उलट–पलट कर कोई लज्जित न कर पाये
न कर सके कोई उनकी चीर–फाड़

एक ऐसी भी जगह होती है
जहाँ पर टटोलते हुए ख़ुद को पाया जा सके बार–बार

कुछ टूटे दरवाज़े और खिड़कियों से गुज़रते हुए खोजी जा सकती है वह रात और बिस्तर, जहाँ गिरा दी जा सकें रोयी हुई आँखें और खड़ी रहे थकी हुई देह

नींद एक सीलन भरी इच्छा को जन्म दे देती तो मैं बचपन की सारी आवाज़ों को अनसुना कर देती
छोड़ देती बार–बार बाबा के कमरे में जाना
उनकी बुढ़ाती गन्ध में लिपटना

लेकिन बदलता कुछ नहीं इस बीच
इस बीच समय लम्बा और लम्बा होता जाता है

ऐसे ही कितने वसन्त ख़ुद को अलविदा कह कर
मैं अपने बालों में बारिश छुपाती आयी हूँ

139

पहले वह खिड़की पर अपनी उँगलियों से
रात के संकेत लिखती है

फिर किसी अदृश्य पानी की
कुछ बूँदों के साथ
ख़ुद को बिछड़ने की पीड़ा में विलीन कर देगी

यह देखना और देखते रहना
कितना सन्ताप भरा है
जैसे घर के सबसे छुपे कमरे में
अपनी गोपनीय उम्मीदें
इस आतंक के साथ छोड़ आना
कि यह उसी मुद्रा में
धूप और अँधेरे की धातु को सदा थामे रहेंगी

बीतते हुए वह थोड़ा और आगे आती है
अब गले में ऐसे चुभती है
जैसे किसी पहाड़ की विराटता को
खुरच दिया जाता है
भविष्य की सम्भावित मूर्तियों के लिए

अब रात आने तक उसे ध्वनियाँ पकड़नी थीं
लेकिन यह क्या

यहाँ तो एक पक्षी बैठा है
चौकन्ना
और
अस्त्रहीन

धीरे–धीरे धूप की पलकें बोझिल होने लगीं

■■